AF424268

* 9 789960 413686 *

بالبلدي الفصيح

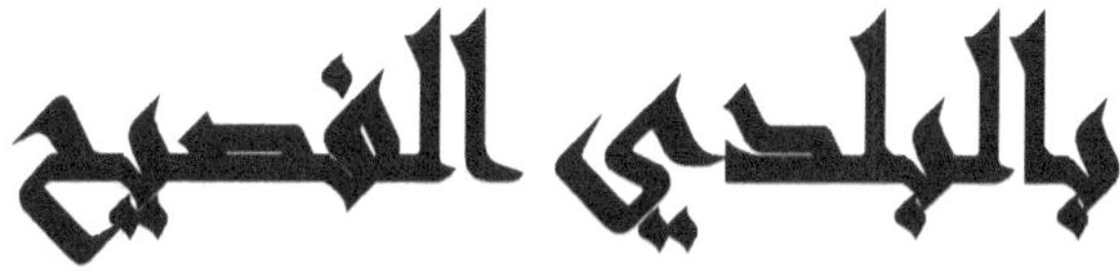

مجموعة قصصية ساخرة

عبدالعزيز حمزة

الناشر

سِيبَوَيْه

سيبويهTM للنشر والتوزيع المحدودة
Sibawayh Publishing
المملكة العربية السعودية ـ جدة
الرقم الموحد: 966 920004119+
info@sibawayhbooks.com

(ح) عبدالعزيز حمزة عبدالعزيز ، 1433هـ
فهرسة مكتبة الملك فهد الوطنية أثناء النشر
عبدالعزيز، عبدالعزيز حمزة
بالبلدي الفصيح ـ جدة.
ردمك: 978-9960-41-368-6
1ـ القصص القصيرة العربية ـ السعودية
ديوي 813،019531   0909/23

الإهداء...

إلى أبي (رحمه الله)

إلى أهل الحجاز... حجاز التاريخ

والعراقة والعلم.

المقدمة

تميزت الأسرة الحجازية على مر العصور بترابطها واهتمامها بجميع أفرادها، وحوى هذا الترابط والاهتمام كل أفراد العائلة الكبيرة ليصل إلى أبعد حدود الأواصر والعلاقات العائلية ليوسع دائرة التواصل بين جميع الأقارب والأرحام، وهذا ما جعل من العلاقات الأسرية في منطقة الحجازية نمط خاص تتفرد به، ومن المؤثرات والمكونات الهامة في تكوين هذه النمطية ساحلية المنطقة وكونها حوت الكثير من المهاجرين قديماً ممن سكنوا مكة والمدينة واستقروا بجوار الحرمين بغية التعلم والتجارة والحج، فأصبحت هذه المنطقة مزيج من الثقافات والعادات الاجتماعية المختلفة انصهرت جميعها داخل منهجية إسلامية وسطية متوازنة، فأخرجت لنا آداب العلاقات العامة والحكمة التي انبثقت أسسها من العائلة الحجازية القديمة التي ارتكزت على قيم الاحترام المتبادل وألفاظ التوقير والمروءة في الأفعال، فحملوا في صدورهم حسن النوايا فشكل كل هذا عواطفهم وأراحهم الزكية التي انسابت منذ تلك اللحظة إلى جميع الأجيال وحتى الآن.

ومن خلال هذه المجموعة القصصية الساخرة والتي تلقي الضوء على صور متعددة نقدية واجتماعية عبر مواقف ساخرة دارت أحداثها باللهجة الحجازية العفوية، لتظهر لنا تلك الرسائل الضمنية التربوية، فمن خلال كل قصة يفوح منها عبق الماضي ببساطته وأصالته حتى في مبالغاتها،

فاللهجة العامية (الحجازية) تزخر بالمفردات الساخرة من جهة وتعكس بوضوح المواقف الدرامية من جهة أخرى، لسهولة فهمها وعمق وقع معانيها في العقل والقلب.

تمهيد

إن الترابط الذي ينعم به أبناء الأسر الحجازية ، هو ترابط ملحوظ من نسق التربية الأسرية التي نشؤا عليها ، والتي غرست داخلهم العديد من القيم والمعاني والأخلاقيات المثالية والمنبثقة من أصالة الدين الإسلامي وروحانيته وتراثه الماضي وعبقه الجميل

ولا نُلام إن كنا مِن مَن أشاد بالقصص الحجازية لما حوته من تجربة وحنكة وعبره، فتميز مكانة الحجازيين التاريخية والجغرافية جعلتهم يكتسون بطابع العراقة القديمة والأصالة التي لا تعرف الانتهاء. أما القصص فهو ديدنهم الذي احترفوا فيه تأليفاً وروايةً وحكمة.

(بالبلدي الفصيح) مجموعة قصصية حجازية ساخرة تأتي لتروي الحقائق والمشاهد التي كانت ومازالت سائدة في حياة الأسر الحجازية وغيرها، و يحكي سياقها عن قيم جميلة قد تكون باقية أو ربما أندثر بعضها نتيجة للحراك التكنولوجي الذي ساد العالم بأسره.

ولم تخرج تلك القصص في إطارها العام عن المشكلات التي تسود البيوت، أو ربما تسود العقول، أو تثوب في النفوس، وهذا وقد جاءت الشخصيات لتشكل سلسلة واقعية صادقة لمجموعة من الأفراد الذين نصادفهم يومياً هنا أو هناك، والذين يحافظون على نمط شخصياتهم الغريبة على الرغم من نقدنا الهادف و المستمر لها.

وقد تفرد القلم البديع للأستاذ عبد العزيز حمزه في سرد قصص (بالبلدي الفصيح) في أسلوب حواري شيق وجذاب، وفي تعمد

لإظهار بعض المصطلحات الحجازية الدارجة والتي يفهمها جيدا كل من نشأ في الحجاز وأحبها وعشق أهلها، وما هذه إلا لفتة ضمنية لتعميق التراث اللغوي كأحد ركائز التراث الحجازي التي لا يمكن تجاهلها أو المرور عليها دون الوقوف على جميل تفاصيلها و روعة منطوقها.

هذا وإن التنقلات الرشيقة لأحداث القصص ما بين قصير غير ممل و طويل غير مخل جعل لكل قصة مظهر شيق يبدو عليها من كلماتها الأولى ثم يختمها بطريقة حضارية جميلة تتجسد في مشهد أو حكمة أو عبرة يلخص فيها مضمون ما تم التطرق إليه بشيء من الإيجاز المعبر.

إن قراءتي لقصص (بالبلدي الفصيح) جعلتني أتلمس محاكات القصة الاجتماعية التي جمعت بين روح الماضي و حداثة الحاضر، حيث لها قالب متجدد ممزوج بعبق حجازي ساخر و هادف، مثل هذه القصص حتماً ستكون عنصر جذب لكل من أراد أن يرى الماضي بعين مخضرمة و بأسلوب حديث.

يبقى لي أن أتقدم بالشكر الجزيل للكاتب الراقي الذي منحني شرف التمهيد لهذا الكتاب الشيق والذي أجده منفرد بنكهته بين كتب القصص والرواية في عصرنا الحالي .. متمنية له دوام التألق والسداد ..

وفي الختام (بالبلدي الفصيح) .. قصة كان يا ما كان بلغة عصرية .. (لا تفوتكم !!)

الدكتورة سمية بنت عزت شرف

الاستشارية النفسية بعلم الصحة النفسية ـ جامعة أم القرى

صدقة شاب يحمل في عقله أحلامه الخاصة، التي قد تكون للغير غريبة ومستغربة وأحياناً مرعبة، لكنها بالنسبة له تعني الشيء الكثير، فهو دائم التفكير في المستقبل الذي يفصل ما فيه من أحداث آتية بناءً على أمنياته الخاصة، حتى أصبحت عادته التي لا تعكس عمره.

يبلغ صدقة من العمر ثمانية عشر عاماً، يدرس في المرحلة النهائية من الثانوية العامة في إحدى المدارس الحكومية، وكعادته اليومية الصباحية يدخل من بوابة المدرسة بخطى بطيئة متثاقلة يجر أرجله جراً، وقد بدى عليه الملل والاكتئاب، حتى يصل إلى فصله فيقذف حقيبته في الهواء من عند الباب على طريقة رمي القله، فتطير لتقع على أي"ماصة" تختارها الحقيبة، ثم يتوجه إلى ساحة المدرسة ليأخذ مكانه في أخر طابور الصباح، فيقف وهو نصف نائم مستمعاً إلى الإذاعة المدرسية ومواضيعها السخيفة الساذجة المتكررة، فهذه فقرة"هل تعلم" يلقيها أحد الطلبة "المتوفقين"، فلو لم يكن متفوقاً ما كان ليصعد على مسرح الإذاعة!:

○   هل تعلم؟

- هل تعلم أن أنثى دودة القز تضع 5000 بيضة؟
- هل تعلم أن الدجاجة تطير طيراناً منخفضاً؟
- هل تعلم ...؟ هل تعلم...؟

في هذه الأثناء يلفت انتباه صدقة ذبابة غريبة الشكل تقف على كتف زميله الذي أمامه، ليسرح عقله متأملاً تائهاً في حركاتها السريعة وهي تجوب تضاريس ما بين أذن زميله وقفاه العريض وكأنها تستكشف معالمه وتتذوق تربته.

فصدقة يحب مراقبة الحشرات بجميع أنواعها وتجذبه سلوكياتها ولا يمل من مراقبتها لساعات طويلة، فهي من هواياته المفضلة، استمر صدقة في مراقبة تلك الذبابة الغريبة وهي تتقافز وتتغلغل داخل ثنايا ذلك القفا المسطح إلى أن أحس بأقدامها اللزجة زميله، فهز رأسه الكبير هزة تعادل سبعة درجات بمقياس ريختر بالنسبة للذبابة فطارت، وطار معها تركيز صدقة، انتهت الإذاعة المدرسية فتحركت الطوابير وبشكل منظم تقريباً نحو القاعات الدراسية على أنغام وإيقاعات نشيد وطني حماسي عسكري:

بلادي بلادي منار الهدى ** ومهد البطولة عبر المدى

عليها ومنها لسلام ابتدا ** وفيها تألق فجر الندى

حياتي لمجد بلادي فدا

دخل صدقة إلى الفصل و هو يبحث عن حقيبته التي ألقاها ليجدها فوق إحدى الماصات فجلس وهو ينفث نفساً طويلاً حمل الملايين من جزيئات الملل والتجهم.

فقد كانت الحصة الأولى وكالعادة ”رياضيات“، اعتقاداً من جهابذ إدارة المدرسة أن الطالب يكون أكثر نشاطاً وتركيزاً في بداية اليوم الدراسي وفي نهايته! لا يعلمون أن الطالب وعقله في حاجة ماسة لذلك المحفز ودوافع الإنجاز غير المتوفرة في التعليم، توجه الأستاذ نظمي فخري حمدي. إلى ”السبورة“ السوداء القاتمة مباشرة، ولم يلقي حتى التحية! فهو أيضاً يعاني من الملل والإكتئاب وجميع المدرسين والإداريين وسائقي الباصات، حتى ”عم عبدالرحمن السوداني“الذي يعمل في البقالة المجاورة للمدرسة.

ملأ الأستاذ نظمي فخري حمدي السبورة السوداء بالمعادلات الرياضية التي بدت لصدقة وكأنها جدارية هيروغليفية تحكي قصة موت الملكة حتشبسوت التي لا يستطيع فهمها حتى الفراعنة، يحاول صدقة وبكل فشل فك

هذه الطلاسم والشعوذات، ليستسلم في النهاية فيسير بنظره نحو إحدى نوافذ الفصل الكبيرة فأخذ يتأمل الأشجار القريبة منها وهي تتمايل مع نسائم الصباح الدافئة الرطبة وإلى تلك العصافير الرمادية اللون وهي تقفز من غصن إلى آخر بكل حرية مفعمة بالنشاط لا تحمل في عقولها ما يعكر صفو اللحظة بالتفكير في الغد المبهم.

أنهى صدقة المرحلة الثانوية وتخرج من الجامعة ليبدأ مشوار المستحيلات، وهو البحث عن وظيفة فكان لديه كمية كبيرة من الملفات الخضراء"العلاقي" مجهزة بجميع صور الوثائق التي عادة تطلب عند التوظيف، فكان في اليوم الواحد يوزع أكثر من ستة ملفات في أماكن مختلفة فلم يترك بنك ولا شركة خاصة إلا وكان له فيها ملفاً أخضر، حتى أنه و بفكرة مجنونة قام بتوزيع بعض صفحات من سيرته الذاتية على محلات الشاورما وكان يطلب من معلمين الشاورما أن يستخدموها في"لَفْ سندوتش الشاورما"، لعله يقع بين فكي أحد المسؤولين أو المدراء فتقع عينه على سيرته الذاتية فيحزن، إلى أن نصحه أحد الأصدقاء بأن يلقي بأحد ملفاته الخضراء فيما يعرف بديوان الخدمة المدنية.

وفي ذات صباح باكر تأبط صدقة ملفه الأخضر وذهب إلى مقر ديوان الخدمة المدنية:

- السلام عليكم. فلم يجيبه موظف الاستقبال بسبب انشغاله في قراءة الصحيفة، فعاوده صدقة بتحية الصباح...

- صباح الخير. فرفع موظف الاستقبال رأسه ونظر إلى صدقة نظرة أشبعت قرفاً وإشمئزازاً.

- خير...، إيش عندك؟

- تنحنح صدقة ... أبغى أقدم ملفي لو سمحت.

- أول مرة تقدم؟

- نعم أول مرة.

- على طول تاني مكتب على اليمين.

- شكراً.

اتجه صدقة حسب وصف الموظف القرفان" من حياته فوجد المكتب المطلوب وهو عبارة عن غرفة ذات مساحة شاسعة بها خمسة مكاتب بكراسيها، لا يوجد عليها أحد، ومكتب واحد فقط في نهاية الغرفة يجلس عليه رجل مسن ذو لحية بيضاء طويلة، فتوجه صدقة نحوه:

- السلام عليكم.

- وعليكم السلام ورحمة الله وبركاته أي خدمة يا ولدي؟ بدى على صدقة بعض الاطمئنان.

- أبغى أقدم ملفي لو سمحت.

- أول مرة؟

- نعم أول مرة.

- خريج إيش يا ولدي؟

- أنا خريج إدارة وإقتصاد قسم إدارة الأعمال.

- تخصص حلو، طيب حط ملفك على المكتب إللي هناك وتعال بكرة.

وخلال ثواني بدأت الخلايا العصبية بداخل مخ صدقة تفرز هرمون يعرف بإسم (م.أ) - "ممكن أفهم" وهذا الهرمون يوجد عادة عند الأسوياء من البشر قبل أن يتم إفساد عقولهم.

- ماهو ممكن اليوم؟ أنا جي بدري.

وفجأة يتحول ذلك الشيخ الوقور ذو اللحية البيضاء الثلجية وصاحب ملامح الجد الحنون إلى تنين شرس قد تم إيقاظه من سباته لينفث في وجه صدقة كرة نارية قضت على بقايا شنبه الرفيع.

- إنت ما تفهم؟ حط الملف على الماصة إللي هناك وتعالى بكرة صعبة دي؟ شهادات إيش إللي بتاخدوها هادي!

وبسرعة البرق، ينتفض ويركض صدقة نحو تلك الماصة ويلقي ملفه عليها، ويخرج مسرعاً باحثاً عن باب الهروب وهو ينظر من فوق كتفيه.

إعتاد صدقة الخروج يومياً صباحاً من بيته ولا يعود إلا بعد أن ينتصف النهار بكثير، وذلك بسبب مروره اليومي على الأماكن التي قدم فيها ملفاته الخضراء ليتابع المستجدات

على الساحة الوظيفية وموقف طلبه الوظيفي في زمن أصبحت فيه البطالة مصير من لا مصير له.

وبعد عناء طويل من البحث والمتابعة "والبهدلة" دام لأكثر من سنة تمكن صدقة ومن خلال أحد معارف والده من ذوي المناصب العسكرية المرموقة من الحصول على تزكية خطية منه موجهة لأحد كبيري مدراء أقسام ديوان الخدمة المدنية، حمل صدقة نفسه وتزكيته واتجه إلى مقر الديوان.

ألقى صدقة التحية على موظف الاستقبال مسرعاً نحو قسم استقبال طلبات التوظيف، "صباح الخير".

- تعال يا سيد!

يقف صدقة فجأة ويدير رأسه بسرعة نحو موظف الاستقبال وهو يشير بسبابته نحو صدره.

- أنا؟!

- لا خيالك يا حلو!

- حلو!! يعود صدقة فينهض موظف الاستقبال في حركة فجائية وهو غاضب، حتى أن صدقة وبطريقة دفاعية لا إرادية يضع يده أمام وجهه تصوراً منه أن الموظف سوف ينهال عليه لكماً وصفعاً، فبادره الموظف بكل حنق بدى على وجهه:

- فين هاجم كدا وداخل؟ خيمة هيا؟!

- لا لا، عفواً ... أنا كنت رايح مكتب التقديم أسأل عن ملفي، ليا سنة بأجي كل يوم، منتى فاكرني؟!.

- بأحلمبك أنا عشان أفتكرك! ... عند مين قدمت؟

- في المكتب إللي هناك على اليمين.

- عند عم عبدالودود!

- هو إسمه عبدالودود؟! فصدقه يعرفه بإسم "أبو حسّان" ومتعجباً في نفس الوقت من اسمه الأول الذي لا يحمل من صفته شيء.

أشار موظف الاستقبال لصدقة برأسه كحركة المجرمين العتاه عندما يشيرون لأحد اتباعهم لينجز مهمته الدموية، فُهمت من قِبل صدقة أنها إذن له بالدخول، طرق صدقة الباب المفتوح فرفع عم عبدالودود رأسه نحو الباب البعيد وعلى وجهه إبتسامة عريضه:

- أتفضل يا ولدي أدخل.

اقترب صدقة حتى أصبح أمام عم عبدالودود، وهو يتبين ملامح وجه صدقة، فالرجل مصاب بضعف شديد في النظر بحكم سنه، وما إن عرف أنه صدقة حتى انفجر في وجهه.

- هو إنت!!

- أنا..أنا ....

- عارف ... عارف إنت إللي بتجي كل يوم وتسأل عن وظيفة ... لسه مافي شي ولا نزلت وظايف.

- أنا جي اليوم...

- هو إحنا ما عندنا شغلة غيرك! البلد كلها تبغى تتوظف مو إنت لحالك.

- أنا جي اليوم لشخص معين في الديوان.

- و لمين جي في الديوان يا سيدي؟

- للأستاذ سعيد زبطني مدير الإدارة عندكم.

لينتفض عم عبد الودود واقفاً مشيراً بإحدى يديه نحو أحد الكراسي البالية أمام مكتبه الحديدي الذي أكله وشرب عليه الصدأ.

- أجلس... أستريح، ما تقول من الأول، شاهي ولاّ قهوة ولو إنه ما نقدم قهوة بس الواحد دايماً يقولها.

بضحكة سخيفة قديمة فاحت في أرجاء الغرفة، قام عم عبد الودود بنفسه ليحضر ملف صدقة من بين أكوام الملفات القديمة التي مات بعض أصحابها والتي تراكمت على تلك الماصة كما هي قبل سنة، مع بعض التغييرات الطفيفة فقد كانت أطراف الملفات تشير نحو الشمال الغربي ومتعامدة مع سقوط أشعة شمس برج السنبلة، فمن يدري لعلها طريقة جديدة في الأرشفة الفلكية، امتلأت الغرفة بالغبار والأتربة سابحاً باحثاً عم عبد الودود عن ملف صدقة:

- أهو ... لقيته ، قُلتلي إنت خريج قسم إيش؟

- إدارة أعمال.

- إيوه إيوه افتكرت، طيب خد الملف وأطلع الدور التالت، تلاقي مكتب الأستاذ سعيد، ولاّ أقولك أستنى دقيقة، الساعة تسعة الآن لسه ما وصل، أجلس معايا إلين ما يجي، أهو ندردش مع بعض.

يبتسم صدقة و في رأسه ألف سؤال ومليون علامة تعجب! وبعد صمت بارد لم يدم طويلاً سأل صدقة عم عبد الودود.

- عفواً بس هو مافي أحد في القسم هادا غيرك؟

- لا... كيف! إحنا خمسة موظفين، بس عندهم أشغال تانية.

- و كم سنة لك هنا يا عم عبد الودود؟

- أنا ليّا تلاته وعشرين سنة في القسم هادا من أيام ما كان الحي دا صبخة وعلبة التونة بريال.

- ما شاء الله... تلاته وعشرين سنة وفي نفس القسم!

- إيوه... لأنهم ما يقدروا يستغنوا عني، شوف يا ولدي، أنا الوحيد في القسم هادا إللي يعرف كل صغيرة وكبيرة، لا يغرك شكل المكتب إنه ملخبط ومقلوب، ترى ما يضيع عندي شي، أنا عندي ملفات توظيف من أيام ما فتحوا وظايف "الكنداسه"، ما تعرف الكنداسه ما جابوك أهلك وقتها لِسّع.

وأثناء هذه المحاضرة في تاريخ التوظيف في مدن الحجاز، يدخل عامل النظافة مكفهر الوجه يتصبب عرقاً يحمل إبريق شاهي انتهكه الصدأ من كل مكان وبيده الأخرى كوبين

فارغين غرز في كل منهما أصبع من أصابعه ذات الأظافر الملونة بألوان الطيف.

ـ و هادا الشاهي وصل.

وضع العامل الأكواب فوق أحد الملفات الملقاة على مكتب عم عبد الودود، وبيده الأخرى الإبريق الأصفر يفرغ مافيه داخل وخارج الكوبين، ليصرخ في وجهه عم عبد الودود:

ـ خان، غسلت سيارة؟

ـ خلاص غسل جوَّ وبرَّه، هادا كتير وصخ في جوَّه!

وبعد نظره غاضبة ورفعت حاجب نحو خان، يلتفت عم عبد الودود إلى صدقة بإبتسامة صفراء ملئت بالإحراج.

ـ أصله أمس طلعت مع العيال أبحر وعاد تعرف بليله وفصفص وحبجبوه ودجاج البر، الجماعة عندي يحبوا شي إسمه حبجبوه وكدا.

عاد عم عبد الودود ليلتفت لعامل النظافة "خان" وهو متجهم الوجه وكأنه يبحث له عن غلطه انتقاماً لفضحه ما بداخل سيارته من أوساخ.

ـ فين مفتاح الحمام؟

ـ لسه مافي خلاص حمام، أطلع من حمام عشان سوي شاهي! كمان حمام في وصخ كتير هادا ريحة مافي كويس.

وأثناء هذا الحوار البيئي يمسك صدقة بكوب الشاهي وقبل أن يلامس شفتيه ليضعه مرة أخرى أمامه.

- إيش الشاهي ما عجبك ولا إيه؟

- لا أبداً... تسلم الأيادي يا خان، أبغاك يا عم عبد الودود
تشوف إذا وصل الأستاذ سعيد ولا لسه، لأنه ورايا مشاوير
كتير اليوم.

- طيب، دحين أكلم سكرتيره.

- خان... خد معاك الملفات إللي على المكتب هناك وديها
لقسم الحاسب... هيا أخلص.

يتوجه إليها خان بكل عصبية، مقرراً حمل أكوام الملفات
بيد واحده، فكلما رفعها من جهة سقطت من جهة أخرى
فبقي على هذا الحال حتى زأر فيه عم عبد الودود زأرةً
ارتج لها الديوان.

- روح جيب شي تشيل فيه الملفات يا صُجُّو.

أحضر خان أحد كراتين البيض وبحركة سينمائية
"بولوودية" وبدفعة واحده لجميع الملفات من على سطح
المكتب تساقطت في ذلك الكرتون وكأنها جثث تلقى في
مقبرة جماعية، فأخذ يركل الكرتون أمامه على الأرض
محدثاً صوتا مزعجاً أشبه بمحرك طائرة نفاثة.

- آلووو .. صباح الخير يا أبو مؤيد إيش أخبارك وكيف
مؤيد وأم مؤيد وأخوان مؤيد والأهل والوالدة والوالد
والحبايب؟ يا بويا متى الأكلة حقت السيارة الجديدة ماشاالله
منوره في المواقف، الشباب يقولوا السيارة قيمتها ميتين ألف

ريال! صحيح الكلام هادا يا أبو مؤيد؟ يا أخي السيارات صارت غالية ودول الُوكلا ما يبطلوا طمع، الله يعطينا ويعطيك، وعلى رأي المثل إللي أعطاك بالتبسي يعطينا بغطى البيبسي، المهم قولِّي الأستاذ وصل؟... وصل! طيب... بعدين أكلمك.

- وصل يا سيدي الأستاذ، عارف مكتبه فين؟ الدور التالت، ما يضيع، هيا قوم قبل ما يمشي، ولا تنسى تبلغه إني قمت معاك بالواجب وخدمتك.

نهض صدقة بسرعة خاطفة في التو واللحظة حاملاً ملفه بيده مسرعاً إلى حيث مكتب الأستاذ وهو يكلم نفسه!

- "قبل ما يمشي!" هو لحق يجي عشان يمشي! هادي الوظايف ولا بلاش.

وصل صدقة إلى مكتب الأستاذ بعد أن تاه في أروقة الدور الثالث بسبب وصف عم عبد الودود، فلم يكن مكتب الأستاذ في الدور "الثالث"، اتضح أن مكتب الأستاذ سعيد في نفس الدور الذي فيه مكتب عم عبد الودود، وجد صدقة نفسه أمام مدير مكتب الأستاذ سعيد زبطني.

- السلام عليكم.

- نعم.

- أنا صدقة جي من طرف اللواء ركن طيار مظلي بخيت مبخت.

ـ أهلاً أهلاً... أتفضل سواني أدِّي الأستاذ خبر.

جلس صدقة وهو يتأمل فخامة الأثاث وهو يستنشق رائحة بخور العود وعبق هيل القهوة العربية الطازجة التي فاحت في أرجاء المكان، دخل صدقة في أنفاق تخيلاته المعهودة فيرى نفسه على ذلك المكتب العريض وهو يرد على جميع الهواتف الملونة التي أمامه في آن واحد، وخان يمسج رجله اليمنى وعم عبد الودود يقدم له الحبحبوه في طبق ذهبي، فيخرج السكرتير فيقطع حبال تخيلات صدقة مشيراً له بإصبع السبابة نحو باب مكتب الأستاذ سعيد:

ـ الأستاذ منتظرك.

نهض صدقة مرتبكاً ينظر إلى ملابسه ممسكاً بالملف بيده اليسرى وبيده اليمنى ينفض غبار مكتب عم عبد الودود عن ملابسه ويعدل غترته، دخل صدقة إلى مكتب الأستاذ فأغلق السكرتير من خلفه الباب الواسع الكبير وكأنه يغلق بوابة قلعة من عصور الحقبة الساكسونية، غص صدقة من الرعب الذي انتابه في جميع أنحاء جسده وتحامل على نفسه وأخذ يخطو بخطوات ثقيلة نحو مكتب الأستاذ، فكانت غرفة المكتب مترامية الأطراف وفي آخر زواياها يجلس الأستاذ على مكتب لا يُرى بالعين المجردة من هذه المسافة، واصل صدقة السير ليقطع أطول مسافة في حياته، حتى وصل

أخيراً إلى مكتب الأستاذ، وكان المكتب ذو سطح عريض جداً نحت من خشب شجر البلوط الشمال أمريكي المطعم بعاج سن الفيل الغرب أفريقي، ولم يكن على هذا السطح الشاسع سوى مجموعة من الأوراق الزرقاء اللون طبع عليها اسم الأستاذ بالخط الثلث الذهبي ومنصبه ومحبرة بغدادية النقوش غرس بها قلم بريشة ذهبية يسيل منه حبر أخضر اللون تعلوه ريشة نعام بيضاء.

- السلام عليكم

- وعليكم.

- أنا صدقة جي من طرف...

- معروف، معروف.

قاطع الأستاذ صدقة دون حتى أن ينظر إليه فقد كان منهمكاً في توقيع بعض الأوراق بقلمه الآثري الذي أخذت ريشة النعام تتمايل معه في كل اتجاه، فالأستاذ لديه خبر مُسبق عن صدقة من اللواء ركن طيار مظلي بخيت مبخت، تتسم علاقتهما بالحميمية المطلقة.

- وريني ملفك يا صدقة.

مد صدقة يده المرتجفة بالملف وقد غمره حياء عذارى معابد الرومان، سحب الملف الأستاذ ووضعه جانباً على مكتبه العريض جداً دون أن ينظر فيه أو في صدقة، مد الأستاذ يده القصيرة نحو تلك الأوراق الزرقاء وبالقلم

الآثري ممسكاً به بأطراف أصابعه الناعمة وأظافره اللامعة وبسرعة خاطفة وبعد بعض الدورانات والحركات التي صدرت من يد الأستاذ، مد يده لصدقة بالورقة التي حملت:

"للإهتمام بحامله، يهمنى أمره.

لا عدمتك... ودي"

وأسفل هذه الكلمات الرقيقة الشاعرية لوحة تكعيبية تجريدية كانت إمضاء الأستاذ الذي لم يكن يحمل حرفاً واحداً من إسمه!

فتح الأستاذ أحد أدراج مكتبه العريض جداً والدرج الواحد يستطيع أن يستلقي داخله "خان وجميع أفراد عائلته" بكل سهولة، فأخرج خطاباً مطبوعاً وقام بكتابة اسم صدقة الثلاثي في خانة اسم الموظف.

ـ هادا خطاب لإدارة التوظيف في الخطوط السعودية.

لم يصدق صدقة ما سمعه! هل قال: **"الخطوط السعودية؟!"** معقول؟!، إلاّ قال الخطوط السعودية...

أمر الأستاذ صدقة أن يقرأ الخطاب، وبعينين مرتبكتين غير مستقرتين أخذ يقرأ صدقة الخطاب وجسده النحيل كل يهتز تحت شدة ضربات قلبه الصغير:

السادة / الخطوط السعودية

عناية / مدير إدارة التوظيف

بناء على الأمر السامي رقم: 2987/س65 وبتاريخ: 12/6/1310هـ. والذي يقضي بحث ودعم توظيف الكوادر السعودية الشابة ذات الخبرة والعلم ولإتاحة الفرصة لهم في خدمة وطنهم والمشاركة في المجتمع. وبناء على ما تقدم وحيث أن لديكم موظف متعاقد تنتهي خدمته هذا الشهر ومن منطلق وأبعاد وأعماق خطة إحلال وتحليل وحل المواطنين مكان المقيمين فإننا نرشح السيد صدقة صديق صادق لهذه الوظيفة.

صور من ملف المذكور سوف ترسل لكم في أقرب وقت.

الإمضاء...

سعيد زبطني

مدير الإدارة في ديوان الخدمة المدنية

ـ هذا خطاب سري يا صدقة حأعطي لك منه نسخه، لك أنت بس، لا توريه لأحد وروح بكرة لإدارة التوظيف في الخطوط وقلهم في معاملة جاتكم بإسمي من الديوان بالرقم والتاريخ إللي عندك في الخطاب، وسلملي على اللواء ركن طيار مظلي بخيت مبخت وقول له الأستاذ قام بالواجب.

انطلق صدقة وهو في غاية السعادة وقطع المسافة بين مكتب الأستاذ العريض جدا وباب مكتبه الضخم في لمح البصر! لتتحقق مقولة الأولين "دخول الحمام مو زي خروجه".

صدقة فرحان، يتمنى لو أن اليوم ينتهي سريعاً حتى يأتي الغد، اليوم الموعود يوم السعد، يوم المستقبل المشرق، هذا ما يختلج صدقة الأن.

توجه صدقة إلى منزله مباشرة ولم يكمل بقية دورته اليومية على الشركات والبنوك ومحلات بيع الملابس والمواد الغذائية، فلديه خطاب توظيف قوي من جهة قوية مرسل لجهة قوية يتمناها أي شاب حديث أو حتى خديج تخرج، وصل صدقة للمنزل لا يدري كيف فهو تقريباً غائب عن الوعي والمحيط، وقف في فناء المنزل وهو ينادي وبأعلى صوته كل من في البيت:

- أمي أبويا يا أهل الله ياللي هنا ياهووو.

جاء أبو صدقة مسرعاً ممسكاً بالفوطه بيد حتى لا تسقط من عليه والجريدة التي كان يقرأها باليد الأخرى، وجاءت أم صدقة وهي تمشي بتثاقل فركبها لم تعد تحملها، وكلاهما على وجوههم علامات الدهشة والفجعة:

- خير... خير إيش في يا صدقة!

بدأ صدقة يتمايل راقصاً أمامهم ويدور حول نفسه ويميل نحو أبوه ويطق رقبه لأمه، وخطاب التعيين بيده يهزه هز فهد بلاّن للمنديل، أطال صدقة هذا العرض الراقص فما كان من أبو صدقة إلا أن "لسعه" بالجريدة على قفاه، فعاد

صدقة لرشده وأخذ يتحسس قفاه فالضربة كانت قوية والجريدة كانت منتفخة.

- طيب قولولي مبروك.

- مبروك على إيش؟ أهرج.

- حأتعيَّن في الخطوط خلاص، عارفين إيش يعني الخطوط ولا تحبوا اشرح لكم وأعطيكم صورة بانورامية عن هذه المنظومة المؤسساتية العظيمة الضخـ...؟

فيقطع أبو صدقة السيمينار هذا بلطشة ثانية على قفا صدقة ليجمد صدقة في مكانه، فتشق أم صدقة بصوتها الحاد:

- "واه يا ندامة" وأتبعتها بـ يا مصيبتك يا لطفية!

فيلتفت كل من صدقة وأبو صدقة نحوها في حالة ذعر، فيبادرها أبو صدقة منزعجاً: إيشبك يا حُرمه؟ هي ناقصاكي إنتي كمان.

- ولدك حيصير طيار يا أبو صدقة، وما راح نشوفه بعد كده إلا في السنة مره، هادا غير القلق إللي راح يجيب لنا هو وهو معلق بين السما والأرض.

- صحيح يا واد الوظيفة طيار؟!

- طيار إيه بس يا جماعة! هو أنا أعرف أسوق سيارة عايدي عشان أسوق طيارة! هادي وظيفة على الأرض يعني في مكتب.

ابتسمت الأم المفزوعة وتنفست الصعداء، واختفت آثار الذعر من على وجه أبو صدقة، فهذا القلق لا يستشعره ولا يشعر به سوى الوالدين ويحملونه طيلة حياتهم وحياة أبنائهم مهما بلغوا جميعاً من العمر.

- وهادي كم راتبها يا صدقة؟

- والله ما أدري يا أبويا، بكرة رايح شؤون الموظفين وأقابل المدير، و كله حيبان، حيبان ،حيبان، حيباااااان، عاد صدقة لرقصة البجعه اليتيمة وعاد أبو صدقة يلوح بالجريدة في وجه صدقة.

- أهجد... عموماً الله يوفقك، هيا خلينا ندخل جوه، أمك فرَّجت علينا الجيران بصوتها إللي كأنه ونّان نجده!

اتجه صدقة مسرعاً صوب حجرته ليتصل بخطيبته فيطلعها على الخبر السعيد، فهما في فترة الخطبة التي طالت كثيراً انتظاراً وجود الوظيفة.

- آلو لمووووس، حبي كيفك؟

- أهلا يا صدقة.

- إيش أهلا يا صدقة دي؟!... إشبك وإيشبو صوتك كأنك بالعة غراب ميت.

- طفشت يا صدقة خلاص، قربنا نكمل سنة مخطوبين وأمي مافي غير زن على راسي.

- أمك وما أدراكي ما أمك إنها حماتي، بأفكر نحطلها مخدرات في علبة الفوفل حقتها ونبلغ عنها.

- صدقة!! إيش في... ليش متصل؟

- ولو أنه طريقتك في الكلام جافة ورزله، لكن معليش اللقمة ما تحلا ولا تطيب إلا بوجود الحبيب.

- صدقة!! حقفل ترى.

- خلاص أسمعي، عندي ليكي خبر حيطيّرك إنتي وأمك... من الفرح.

- حتجيبو مطربة في الفرح؟ رضيَت أمك أخيراً.

- مطربة إيه و رقاصة إيه إنت التانية، تبغوا مطربة جيبوها إنتوا إنشالله تجيبوا "رقية روثمان"

- مين رقية روثمان؟ يوووه طب قول خبر إيش؟

- دوبي استلمت خطاب موجه من ديوان الخدمة المدنية للخطوط السعودية بتعييني في الخطوط في وظيفة آخر حلاوة.

- أحلف! في الخطوط من جد؟

- يمين بالله. في الخطوط.

- لا تكون الوظيفة مضيف؟

- ياريت، قصدي أنا شكلي شكل مضيف؟

- إشبو شكلك؟ زي القمر.

- دحين زي القمر ولاّ غيرة يعني... فاهم أنا.

- صُدقة!! إيش هي الوظيفة، أنطق.

- ما أعرف! المهم إنها وظيفة محترمة في مكان محترم، وراتب محترم وحنتزوج زواجة محترمة، لأني خلاص طفشت وبدأت أطفش منك ومن أمك، وأبغى أتزوج عشان أبدأ أطفش طفش المتزوجين الحقيقي!

- أنا طفش يا صدقة؟

- لا لا بأمزح معاكي يا لميس يا لموووس، المهم، بكرة بإذن الله من صبح العالمين وأنا على بابهم، طبعاً أول ما أرجع حأكلمك وأقولك إيش صار معايا، خليني دحين أروح أتغدى وأنملي شوية وأحلم بيكي وإنشاء الله ما تطلعلي أمك في الحلم فجأة زي كل مره، وأجهز نفسي لبكرة وأطلّع الجزمة اللميع حقت المناسبات وطقم الأقلام حق الاختبارات عشان أعبي بيه إستمارة التعيين، أصلي بأتفاءل بيه، عمري ما حلّيت بيه إختبار ونجحت، إذا ما كلمتك في الليل أكلمك بكرة بعد ما أرجع... باي يا لموووس.

تدخل أم صدقة في صباح اليوم الموعود لتوقظ صدقة ليستعد للذهاب إلى الخطوط، فتجده مستيقظاً مستلقي على سريره محدقاً بعينيه في سقف الغرفة وقد غاب في رحلة بعيدة من التفكير والتخيلات، فتقطع عليه أحلام اليقظة.

- أنت صاحي؟

- هو أنا نمت أصلاً!

- أكيد بتفكر في اليوم، الله يوفقك يا ولدي إن شاء الله.

- أنا ما نمت فعلاً عشان بأفكر في مقابلة اليوم، وبسبب الناموس إللي هلكني طول الليل.

- قد إيش قلتلك صلِّح السلك حق الشباك؟ من يوم أبوك ما دخل فيه بوجهه وهو على حالته هادي، هيا فِزْ ، غسل وجهك وتعال أفطر.

- طيب، كيف أروح المقابلة ووجهي محمر ومفقع من قرص الناموس، ألاقي عندك كريم أساس؟

- قوم بلا مجاغه وجهك مافيه شي.

ينتهي صدقة من فطوره ويرتدي أجمل ثيابه، الثوب القيطان المطرز والغتره الحلبي والجزمة اللميع ولم ينسى القلمين "الأخوة باركر" (سائل وجاف)، أما العطر فهو عطر الشباب الرومنسي "بروت" من أشهر وأفخم الماركات العطرية والمبيدات الحشرية في نفس الوقت، يودع صدقة والديه وتزفه دعواتهما له حتى توارى عن الأنظار بسيارته الصغيرة، يصل صدقة إلى إدارة التوظيف بالخطوط السعودية، وبعد سؤال أكثر من سبعة أشخاص عن مكتب مدير التوظيف إلى أن وصل أخيراً إلى الوجهة الصحيحة:

- السلام عليكم، هنا إدارة التوظيف؟

- نعم، أي خدمة.

- ليّا معاملة تعيين عندكم بالرقم هادا.

- أشوف، وصلت... دقيقة أستريح، أدي خبر للمدير هو طلب يقابلك بنفسه.

- بنفسه!

تعجب صدقة لتبدأ خيالاته الغريبة: "يكون الأستاذ سعيد زبّطني زبّطني عنده ووصاه عليا وما قال لي؟!، بس إبن حلال الأستاذ سعيد حتى اللواء أبو اسم طويل كمان، أولاد حلال كلهم".

جلس صدقة وشرع في قراءة جزء عمّ مبتدئاً بالمعوذات ومن ثم قراءة دعاء الحاجة وتفريج الكرب وفك السحر وجلب الغائب والقضاء على أم لميس، وأخذ يسبح ويسبح ويسبح، ويطلب من الله أن يجعل في وجهه الذي تناثرت عليه لدغات الناموس الجداوي القبول، يغلق السكرتير سماعة الهاتف ويشير لصدقة:

- أتفضل مدير التوظيف في انتظارك.

دخل صدقة إلى مكتب مدير التوظيف بنفس الفزع والارتجاف والحالة النفسية التي انتابته عند مقابلة الأستاذ سعيد، ليدخل على نسخة طبق الأصل من مساحة المكتب ونوع المكتب وحجم الأدراج والمسافة الضوئية التي تفصل بين المدخل ومكتب المدير ومجموعة الأوراق الزرقاء

والحبر الأخضر والقلم وريشة النعام! وقبل أن يلقي صدقة بصوته المرتجف التحية، بادره مدير التوظيف وبصوته الخشن المسضفدع المليئ بالبلغم ماركة باعشن وعلى حين غره وعبر هجوم إداري تكتيكي مباغت:

- من متى ديوان الخدمة المدنية يرسل لنا أحد للتوظيف! ما بيننا وبين الديون أي علاقة، لا يدينا ولا ناخد منه، و كم مره قلنا الكلام هادا

انكمش صدقة فجأه واختفى داخل ملابسه، ليتضاءل نحو المجهول عابراً تلافيف مخه وسراديب فضاء عقله، فلم يستوعب ما سمع ولم يسمع ما لا يستطيع استيعابه! سقط كلام مدير التوظيف على صدقة كالصاعقة التي تركت كل شيء حولها لتصيبه بين عينيه، انعقد لسان صدقة محاولاً تركيب جملة واحدة مفيدة:

- بس..بس..قا..قا..قالولي ف..ف..في.. الديوان إنه.

- لا قالولي ولا قالولك، هادي الورقة بُلَّها وأشرب مويتها، أرجعلهم مرة تانية وقول لهم الخطوط رفضت الطلب وإحنا حنرد عليهم بخطاب رسمي... أتفضل.

أسقط في يد صدقة وأنهارت كل الأحلام والأماني لتكسو عينيه لمعة حبست بداخلها دمعة، إنها "دمعة القهر" التي

تولد من رحم الظلم والتسلط والتعسف، إنها دمعة سوداء ثقيلة تقصم الظهور وتوغر الصدور.

خرج صدقة من مكتب مدير "الشرير" على غير هدى، فأظلمت سماء ذلك الصباح في عينيه وضاقت عليه وحده الدنيا، تبخرت كل الأحلام وفرد المستقبل أجنحته وطار وتبعثرت كل تلك الرؤى بنفخة واحده من مدير التوظيف، اختفت كل الدروب التي صنعها صدقة وسار فيها بخياله مراراً وتكراراً، وكعادة صدقة في التخيلات التي يمارسها عليه عقله بدأت تظهر ومضات تصويرية غريبة داخل رأسه الذي عج بالعواصف والأعاصير، فها هو يتخيل خطيبته وهي ترمي بخاتم الخطوبة في وجهه، وتارة يراها وهي تزف إلى مدير شؤون الموظفين في الخطوط وقد طوق خصرها النحيل "بلي الشيشه" ليسحبها نحو أحضانه فتختفي داخل صدره اللاحم المترهل، وعم عبد الودود يأتي حاملاً خاتمي الخطوبة على ملف صدقة الأخضر العلاقي،... لتخرج من صدقة صرخة لا إرادية حقيقية وهو يجلس داخل سيارته "لاااااا"، سمعها كل من كان في موقف السيارات وطارت على إثرها عصافير وغربان جدة من على أغصان الشجر، وسقطت البزازات من أفواه الأطفال الرضع، وسقطت المقصات والأمشاط من أيدي الحلاقين...

أدار صدقة محرك سيارته يقودها بأقصى سرعة متجهاً نحو ديوان الخدمة المدنية، وبعد ثلاث ساعات يصل أمام مبنى الديوان فيوقف سيارته على الرصيف أمام البوابة الرئيسية ويدخل بخطى سريعة وقد حفرت في وجهه أخاديد الغضب والقهر والظلم، فيمر على موظف الاستقبال غير مبالياً لصيحاته:

- يا سيد ...يا سيد ...يا أخ ...

فهذا عمل موظف الاستقبال فقط ليقول "رايح فين يا سيد، إيش عندك يا أخ وفي وقت فراغه ممارسة بعض الألعاب داخل الأنف والأذن"، لم يرد صدقة عليه واستمر في اقتحام ممرات المبنى و كأنه محارب روماني يخترق سيفه الحاد قلب المعركة، فيمر من أمام مكتب عم عبد الودود الذي كان بالصدفة واقفاً أمام مكتبه يفاصل عامل النظافة "خان" على شراء بعض أقراص الأفلام "الثقافية"، فلمح صدقة:

- كيفك يا صدقة يا ولدي إن شاالله أتوفقت؟

لم يرد عليه صدقة ليتابع سيره وكأنه مغيب عن الوعي فلم يعد يحد عقله وجسده لا زمان ولا مكان، فلم يعد يرى سوى تلك الخيالات... "موظف الاستقبال يقضي شهر العسل مع لميس في جزر المالديف ويتدلى من أعناقهما أكاليل الورود

الملونة وقد حضن كل منهما الآخر وموظف الاستقبال يهمس في أذن لميس بصوت رومنسي دافئ (أحبك يا سيد، أموت فيكي يا أخ فين رايح)، ليظهر عبد الودود لكن هذه المرة مع خان يرقصان رقصة استوائية على أنغام إيقاع الملفات الخضراء!"

إذن هي مؤامرة دنيئة حِيكت على صدقة منذ البداية لتدمير حياته واجتذاذ أحلامه من جذورها!

يصل صدقة إلى مكتب الأستاذ سعيد ويطلب الإذن بمقابلته فوراً ليجد له المخرج والمنفذ من هذه الكارثة، ما أن رآه الأستاذ:

- ها بشِّر يا صدقة إيش صار معاك؟

- أبداً... طردوني! وبلغوني رسالة لك، قول للي أرسلك إنه طلبك مرفوض، والورقة إللي معاك بُلَّها وأشرب مويتها!

- كيف؟ إيش الكلام هادا! هما قالولك كده؟! إيش قلة الأدب هادي، مين إللي قال كدا أديني إسمه.

- مدير شؤون الموظفين في الخطوط السعودية إللي قال كدا.

لتتغير نبرة الأستاذ إلى طبقة نغمية أقل حدة مفعمة بحنان الأم العقيمة.

- يا صدقة يا ولدي كمان إنت لا تستسلم من أول مرة، لازم تحاول مره وإتنين وتلاته... كل يوم وإنت عندهم، لاتسيبهم، **"خليك لصقه يا صدقة!"**

- بس هادا خطاب موجه من إدارتكم لإدارتهم يعني خطاب رسمي وأمر سامي ورقم وتاريخ وختم وتوقيع وحبر أخضر وورق أزرق ومواطن وإحلال وسعودة ووطنية وتوطين ووطن وظلم وقهر وخيبة أمل.

- ماهو يا إبني الديوان ماله علاقة بالخطوط السعودية أصلاً، لكن مساعدة من الديوان ومن منطلق مبدأ السعودة والإحلال والتوطين كل إللي نقدر نسويه إننا نرسل لهم الخطابات هادي وكل واحد وشطارته.

- ما له علاقة...! طيب أنا إيش وضعي الآن مستقبلي ضاع يعني؟ أنا ما صدقت تجيني وظيفة محترمة في مكان محترم.

- زي ما قلتلك، لا تسيبهم كل يوم روح وأتحمل عشان مستقبلك، وربك حيفرجها، وسلملي على اللواء وقله إني أنا معاك خطوة بخطوة ومتابع لحركة التصاقك بالخطوط.

خرج صدقة من مكتب الأستاذ مهموماً مغموماً أكثر، فها هو الملاذ الأخير الذي كان يعتقد أن يجد فيه حلاً أو حتى بديلاً لهذه المأساة يتخلى عنه في ظروف غامضة غير

مفهومة ليجرده من ملابسه ويتركه عاريا وبدون مأوى ليواجه جسده الضعيف شتاء الحياة القاسي وحيداً!.

تمكن الإكتئاب والإحباط من صدقة على إثر ما ألم به من خيبة أمل، فكان دائما يردد بينه وبين نفسه: "لو كنت ابن صاحب شركة كان زماني مدير فيها، لو عندي واسطه قوية وعليها القيمة، لو عندي فلوس أبدأ بيها مشروع، لو... لو..."، أعوذ بالله من الشيطان الرجيم، إيش أقول لأهلي بعد ما فرحتهم، إيش أسوي مع خطيبتي؟ خطيبتي مين! خلاص طارت بيها أمها الحيزبون!

وبعد مرور سنتين على هذه الحادثة المروعة، تشاء الأقدار أن يحصل صدقة على وظيفة كاتب في مكتب الإستقدام بمرتب لم يتجاوز الخمسة آلاف ريال، ويعود الفضل في هذه الوظيفة بعد الله إلى الأستاذ سعيد فهو من رشحه لها وذلك بعد إحالة للواء ركن طيار مظلي بخيت مبخت للتقاعد وتجريده من مسماه الطويل وجميع ألقابه العريضة والمربعة والمثلثة، وبالتالي سحبت صينية الحلوى التي كان للأستاذ فيها نصيب، رضي صدقة بما قسم الله له فكان صبوراً شكوراً قانعاً مؤمناً قوياً، وكان دائماً يردد "حسبي الله ونعم الوكيل، الله ينتقم من الظالم، الله ياخد أم لميس"

تمر السنين فيتزوج صدقة من سيدة مطلقة ثلاث مرّات ولها من الأبناء خمسة، فصدقة لا يملك مالاً وفيراً ليعول به زوجته وأبناءها ولم يرث شيئاً من والديه اللذان ماتا قهراً عليه، قبلت به زوجته بحاله هذه وقبل بها كون كلاهما مقطوعين من شجرة.

وكان فرح صدقة مقتصراً عليه والمملك وإثنان من الشهود وزوجته وأبناءها الخمسة وزوج زوجته الثاني، فقد دعاه صدقة بحكم زمالته له في العمل فهو من رشح لصدقة زوجته المطلقة ليتزوجها، ولم يحضر زوج زوجته الأول والثالث كون الأول متوفي والثالث محكوم في قضية ضرب موظف استقبال أثناء تأدية عمله! وكان من ضمن المدعويين "خان" للمساعده في عمل الشاهي.

استأجر صدقة "شقة صغيرة" في حي شعبي نساه الزمن لتسحق الشقة نصف راتبه ولا يتبقى سوى بعض الريالات التي يسدد بها فاتورة الكهرباء والهاتف وطلبات الزوجة وأبناءها الخمسة، ثم يأتي الطفل الأول بعد سنة زواج والثاني والثالث ليجد صدقة نفسه أباً لثمانية أطفال ومسؤولاً عن أفواههم، وتزيد هموم صدقة المعنوية والمادية، فيعرض عليه أحد زملائه في العمل فكرة الإقتراض من البنك، فيتوجه صدقة لأحد البنوك "الإسلامية" ويقدم طلباً

لقرض شخصي بضمان الراتب، فيتبخر القرض ويبقى القسط الشهري ليقصم ظهر صدقة كل شهر بجانب مصاريفه الأخرى، ليتجه إلى فكرة أخرى ويتقدم بطلب بطاقة إئتمان "إسلامية" من أحد البنوك "الإسلامية"، لعلها تساعده في محنته المالية، فتتراكم عليه ديون البطاقة ويتعثر ويسقط، ويتحول البنك من تلك الصورة التي نراها في الإعلانات والتي تحمل شعار "حقق أحلامك" التي تجعل الشخص يحلق داخل مخيلته وكأنه يعيش في إحدى تلك الجزر التي تعيش فيها لميس مع خان! ليكشر البنك عن أنيابه الحقيقية ويقوم برفع دعوى ضد صدقة فيتم التوصل لحل سلمي بين الطرفين وهو أن يسدد صدقة من راتبه مبلغاً لصالح البنك كل شهر، فنُهش الراتب من كل جانب.

بدأ صدقة ولأسباب مادية بحتة بالاستغناء عن الكثير من الكماليات والضروريات مثل الهاتف، فهو لا يقوى على سداد فاتورته وحتى يتفرغ لسداد فاتورة الكهرباء.

باع صدقة سيارته الأثرية التي طالما اعتبرها رفيقة دربه، واستبدلها "بدبّاب مستعمل" وبدأ يتدرب عليه، فلم يسلم له كوع أو ركبة من كثرة سقوطه من عليه، وكان عندما يريد أن يخرج هو وعائلته للتنزه كان يختار يوم الجمعة من كل

شهر وعلى دفعات وبرفقة أحد الجيران، ذهاباً فقط، ويعود مع عائلته ليلاً على متن "دبّاب أربعة عجل" و ذلك لتخفيض تكاليف المواصلات قدر الإمكان، وحتى لا يتعرف عليه أحد كان يتمدد في حوض الدبّاب الخلفي هو وزوجته وأبناؤه!

ومع مرور الزمن بدأت تظهر علي صدقة علامات وتصرفات غريبة فقد بدى شارد الذهن في كل الأوقات، يكلم نفسه بصوت مرتفع مسموع، ويقوم بالرسم على جسده بأقلام التلوين صور لحشرات غريبة لا توجد إلا في بيته، فلم يخلو جسده من صورة معبرة لخنفساء أو بورتريه لصرصار، أو منظر طبيعي لذبابة وهي مبتسمة ابتسامة الموناليزا، أما هوايته الوحيدة الإجبارية في المنزل تصليح أي شيء عطلان كونه لا يستطيع دفع تكلفة كهربائي أو سبّاك، فذاع صيته في العمارة على أنه ملك تصليح الدِشات وفك الشفرات، ولم يكن يأخذ أجر من أحد على ذلك حتى لا يُحرج مع جيرانه فكان أجره عبارة عن سهرة عند أحد الجيران مع أبناؤه علي أي قناة فضائية تعرض فلماً مصرياً قديماً أو فيديو كليب جديد، أو حتى برنامج إخباري مع وجبة العشاء طبعاً.

وفي أحد الأيام وهو يقوم بممارسة هوايته المفضلة وقف على حافة سطح العمارة يمد أحد الأسلاك لِدِش جديد لأحد جيرانه، ليختل توازنه فيسقط من الدور الخامس على مخترقاً غرفة حارس العمارة ليقع في وسط مطبخها متوفياً.

وكان سبب الوفاة وحسب ما جاء في تقرير الطبيب الشرعي، ولوج مجموعة من الآلات الحادة المطبخية، فلم يبقى سكيناً ولا ملعقة ولا شوكة حتى فتاحة علب التونه إلا واخترقت جسده النحيل، رحم الله صدقة فقد عاش مكافحاً صابراً مسلماً مستسلماً ومات في أدوات المطبخ سابحاً!

*** ***

- صدأه ... إنت يا واد يا صدأه ... ماله الواد ده ما بيرُدَّش ليه!

فجأة يحس صدقة بلكمة قوية على كتفه فينتفض مفزوعاً من نومه فإذا هو أمام رأس مدرس الرياضيات الضخم الأستاذ نظمي فخري حمدي.

- إنت نايم ولا إيه؟ أنا كلامي بينِّيم سعادتك؟ ماكُنش ألئت (قلقت) منام حضرتك لا سمح الله؟

يفرك صدقة عينيه و ينظر حوله وهو في ذهول تام واضح على معالم وجهه الذي صبغ باللون الأصفر وحفرت فيه خطوط أطراف قميصه على إثر النومة الطويلة، فتلك اللكمة التي وجهها له الأستاذ نظمي فخري حمدي كانت بمثابة المنقذ له من كابوس مرعب، ولا شعورياً وبصوت مفعم بالدهشة و التعجب:

- أنا فين؟ أنا مين؟ ليه؟

- نعم ياخويا؟ إنت حتعملِّي فيها مجنون ولاّ إيه! أوم إغسل وشك، يمكن مخك ينضف وتعملها وتنجح!

يقف صدقة مرتبكاً، يصطدم بحقائب وماصات زملائه وهم بين ضاحك ومستغرب! يدخل إلى دورة المياه ويضع رأسه بالكامل تحت صنبور الماء البارد وينظر إلى نفسه في المرآة وهو يتحسس جسمه، أهو في علم أم لايزال حبيس ذلك الكابوس البشع؟!

ليأخذ له مكاناً في إحدى زوايا دورة المياه فيجلس على الأرض في واضعاً رأسه على رِكبتيه يفكر ويسترجع تلك

الأحداث الغريبة وهذا الكابوس المكتمل الأركان الذي لم يرى مثله في حياته، وكيف أنه رأى نفسه في المستقبل وبكل تفاصيل ما مر به من أحداث مروعة أذهلت عقله الصغير الذي لم يقوى على استيعاب ذلك.

فبدأ يفكر كيف يهرب من هذا المستقبل القاتم الذي ينتظره فقد بدا وكأنه نبوءة أو رسالة تحذيرية أتت من الجانب الآخر، كيف يستطيع تغيير ذلك ومن أين يبدأ، وماذا يفعل؟ أسئلة كثيرة تدور في رأس صدقة لا يعرف لها إجابة، وبينما هو واجم مستنكر يقع نظره على نملة بالقرب منه تسحب شيئاً أكبر من حجمها أضعافاً، فأخذ يراقبها بتمعن فهو لايزال يعشق مراقبة الحشرات، فكلما سقط من النملة ذلك الشيء الذي تحمله تعاود حمله مرة أخرى، استمر صدقة في متابعته للنملة ومراقبتها، فتضيئ في رأس صدقة فكرة، فينهض مسرعاً من مكانه متوجهاً خارج المدرسة إلى حيث عمل والده، فأبو صدقة يعمل خبازاً في فرن صغير وقديم ورثه من أجداده، فوجئ الأب بصدقة يقف أمامه في وقت لم يعتاد أن يراه فيه، فالوقت لا يزال مبكراً على انتهاء الدوام المدرسي:

- سلامات إيش في يا صدقة؟ إنت مريض؟
- مافي شي أنا طيب، جيت أبغى أتكلم معاك في موضوع.

- موضوع! موضوع إيش هادا إللي يخرجك من المدرسة في دا الوقت؟ وتلاقيك خارج بدون إذن، "مفرك يعني!".

ليلقيها صدقة صراحة على مسامع والده...

- أبغى أشتغل معاك وأنا بأدرس وأبغاك تعطيني راتب؟

تعجب أبو صدقة من طلب صدقة، فلم يعهد من صدقة مثل هذا النوع من الطلبات! وبهدوء أجابه:

- بس كده؟ إيش كمان؟

- وأبغى أتعلم كل شي عن العيش والعجين والفرن.

زاد تعجب أبو صدقة من كلام صدقة الذي وجده يحمل الكثير من العقلانية والمنطق الذي لا يتناسب مع سنه!

- إيش كمان... قول؟

- و أبغى أعرض عليك كم فكرة نحسن بيها الفرن.

ويبتسم أبو صدقة ابتسامة لايعرف معناها سوى الأباء، أخذاً بكتفي صدقة وهو ينظُر في عينيه اللتان أحس من خلالهما أنه قد مر بتجربة قوية وعنيفة، ففتح ذراعيه فارتمى صدقة بين أحضان والده متشبثاً به بقوة، وبحاسة الأب تلك التي لا تخطىئ:

- إنت شفت شي غريب، شي أقوى من أنك تتحمله، لا تقولي إيش هو، وما أبغى أعرف، كفاية عندي جيَّتك وكلامك إللي

سمعته منك اليوم، أي أب في الدنيا يتمنى يسمع دا الكلام من ابنه، كل إللي تبغاه حأسويلك هوه.

يملك صدقة حالياً، أضخم سلسلة مخابز في المنطقة وهي الأولى من حيث تنوع منتجاتها من المعجنات والفطائر والحلويات ذات الجودة العالية والعالمية ويعمل في شركته أكثر من 500 موظف جميعهم من السعوديين، ولا يوجد في شركته موظف استقبال.

*** ***

''عندما يموت الوالدين يشعر الابن بأنه أصبح فانٍ وعندما يموت الولد يخسر الوالدين الأزلية.''

الشيخ أبو ناسداك

يعتبر الشيخ أبو ناسداك من رجال الاقتصاد و الأعمال المعروفين في الوسط التجاري ويمتلك أكبر مجموعة شركات على مستوى الشرق الأوسط وشمال التبت. وقد أنتخب مؤخراً "رجل أعمال العام الحالي والقادم و أول كل شهر شباط، حسب تصنيف إحدى المجلات الاقتصادية المملوكة له" والشيخ أبو ناسداك له مشاركات ومحاضرات في علم الاقتصاد والإدارة، وقد أصدر مؤخراً موسوعة إقتصادية مكونه من 1200 مجلد باسم "تحفة الحيارى في علم الاقتصاد والإدارة".

و قرارات الشيخ أبو ناسداك تعتبر من القرارات المؤثرة في السوق الاقتصادي حيث أن شركاته تعتبر أكبر الشركات التساهمية المؤثرة في سوق الأسهم - وهو أول من طالب بتوحيد العملة العربية، فقد أدلى بتصريح بخصوص ذلك في إحدى لقاءاته التليفزيونية على إحدى الفضائيات التى تعنى بالمال والأعمال وأشياء أخرى، قال في تصريحه المتلفز:

- إن العملة العربية الموحدة سوف تكون إحدى أهم ركائز الاقتصاد العربي، فهذه العملة سوف تكون فاتحة خير على كل الدول العربية و ترجع بها بركة فلوس زمان، أيام ماكان الصامولي بنص ريال.

وقد أخذت هذه العملة من وقتي الكثير حتى وجدت الإسم المناسب لها الذي يرضي جميع الدول العربية لأنهم بيختلفوا على أتفه الأسباب، و سميتها بعون الله "العُرْبان" فهو اسم سهل يستطيع أي مواطن عربي و حسب لهجته المحلية نطقه بسهولة، فعلى سبيل المثال تستطيع أن تقول "واحد عُرْبان أو عُرْبانان أو ثلاثة آلاف و أربعمائة و خمس و ستون عُرْباناً عربياً".

و إن من مميزات عملة العُربان أنها لا تزوَّر على الإطلاق، فهي ليست ورقية و لا معدنية! هي عملة معنوية، أي أنه يكفي التاجر المتعامل بها أن يقول بعتك طن الحديد هذا بثلاثمائة ألف عُربان و يقول المشتري، قبلت. فكيف بالله عليكم يمكن لأقوى عصابات التزوير أن تزور مثل هذه العملة!

وفي أحد الأيام بينما كان الشيخ أبو ناسداك في منزله يتابع أحد المسلسلات العربية، مع العلم أنه نادراً ما يتابع المحطات الفضائية ماعدى القنوات الاقتصادية و المالية

التحليلية و لكن هذا المسلسل كان استثنائي حيث شد انتباهه اسم المسلسل، "المال و البنون" فأي كلمة فيها "مال" دائماً تسترعي انتباه الشيخ ومن أحب الأغاني إلى قلبه "مال القمر ماله" وأغنية "مادام معايا القمر مالي و مال النجوم"، وأثناء متابعته لذلك المسلسل تدخل عليه زوجته مزمجرة تزفر زفيراً تحركت له ستائر المجلس، فجلست بجانبه في حركة إرتطامية بالكنبه قفز بسببها أبو ناسداك، وبدون مقدمات:

- أبغاك في موضوع مهم.

- دا وقته! خير؟

- طيب، ممكن تسيّبك من التليفزيون وتلتفِتْ لي؟

- وهادا التليفزيون، قفلناه. إيش الموضوع؟

- إنت عارف إنه ولد أختي "يويو" خلص الثانوية العامة هادي السنة وماله نفس يكمل جامعة.

- وليش ما يبغى يكمل جامعة؟ طبعاً مجموعه ما يدخله بقالة مو جامعة، حتقوليلي عليه، أعبط واحد في عيلتكم، أي نعم كل عيلتك عبطَ، بس هادا ما شفت ولا حأشوف زيُّه.

- لا ما أسمحلك تقول على عيلتي كده، أرجوك، هو أي نعم خلص الثانوية متأخر شويه. ويقاطعها أبو ناسداك:

- متأخر شويه!! تمانية سنين في الثانوية العامة تسميها متأخر وشويه! إللي زيه على وش تقاعد!

- المهم، هو ما يبغى الجامعة بسبب المجموع، و بسبب شي تاني كمان.

- إيش الشي التاني؟ ماهي مختلطة مثلاً؟ دا الواحد يخلط بينه وبين أي بنت في عمره!

- ممكن تسمعني من غير تريقه؟ قال إذا الجامعة ماراح توفر له مظلة قدام الكلية يوقِّفْ تحتها السيارة البورش حقته ماراح يقدم فيها.

- ليه ما يطلب منهم يبنوا له فيلا بمسبح جنب الكلية أحسن!!

- إنت بتتريق؟

تقف فجأة زوجة أبو ناسداك واضعه يديها في خصرها الكروي الغليظ وأظهرت تكشيرة اختفت على إثرها كل عمليات التجميل السابقة وهي تضرب الأرض برجلها أهتز لها جسدها وكأنه طبق من الجِلي:

- بالعربي أبغاك تعين يويو عندك في وحدة من الشركات.

- حلووو!! عشان يفلس أم الشركات وأدور أبيع منتو!

- إذا ما أشتغل يويو في الشركة راح ابيع كل أسهمي في مصنع "الحطب المُعالَج" ولا تنسى أنا أملك 40٪ من الأسهم فيه إللي كتبتهم بإسمي العام.

ينتاب أبو ناسداك حالة من الرعب والهلع من قول زوجته.

- لا دخيلك، تبغي تضيعيلي المصنع، ده هو الوحيد إللي بيغطي مصاريف المصانع التانية.

- إيش قلت؟ وأبغاله وظيفة محترمة و كبيرة في الشركة ما أبغى أختي تقول عليَّ ما عرفت أجيب له وظيفة، مفهوم؟

- مفهوم يا قمر، يويو! دا حبيبتي.. أقصد حبيبي.

- معناته اتفقنا، بكره حيجيلك الشركة علشان تخلصله أوراق تعيينه.

- لا، ماهو على طول كده، إنت نسيتي إن كل شركاتي لما يكون فيها وظايف شاغرة لازم تُعلن في الجرايد ويتعمل للمتقدمين اختبارات قبول ومقابلات شخصية، إنت ناسيه إنه أنا رئيس لجنة "أعطي وظيفة لمواطن، تدعيلك أمه بالباطن" وشركاتي كلها مراقبة من أعضاء اللجنة و وزارة العمل بالذات، إيش يقولوا عليا بأعين أقاربي بالواسطة؟

- أنا مالي بالأشياء هادي كلها، أتصرف، المهم يتعيّن ودا ملفه.

- حاضر، حاضر راح أتصرف، بس أوعديني ما تبيعي الأسهم الله يخرب بيت إللي يزعلك ياشيخه.

- ما أوعدك إلين ما يتعين يويو.

- قلنا راح يتعين سِي يويو حقك، "يحرقك إنت ويويو وأختك في يوم واحد، واليوم إللي كتبتلك فيه أسهم!"

- بتبرطم بتقول إيه؟

- ولا شي خليه يتهبب ويجي بكره.

وفي اليوم التالي يتجه أبو ناسداك إلى المقر الرئيسي للشركة، فأبو ناسداك يبدأ عمله في الشركة عصراً آخذاً بقاعدة "كل تأخيرة فيها خيرة"، تقف سيارة أبو ناسداك أمام البوابة الرئيسية و يفتح باب السيارة أحد موظفي الحراسة فيخرج كرش أبو ناسداك أولاً ثم أبو ناسداك. يقف عند الباب أربعة موظفين مستقبلين الشيخ واحد يحمل المبخرة و واحد بدلّة القهوة و واحد بصحن التمر و الأخير يحمل سلة مهملات ليبصق فيها أبو ناسداك فص التمرة.

يتجه أبو ناسداك إلى المصعد الخاص ومعه مدير مكتبه "حامل سلة المهملات سابقاً"، و ينطلق المصعد إلى الدور الخامس عشر حيث مكتبه الفخم، يرفع مدير المكتب عن كتفي الشيخ المشلح ثم يأتي له بملف البريد اليومي، فيطلب الشيخ من مدير مكتبه أن يرسل في طلب مدير إدارة الموارد البشرية الدكتور أسعد وطني، فيأتي مهرولاً في لمح البصر.

- أمرك يا طويل العمر.

- صُكّ الباب، و تعالى أجلس، و قول للسكرتير بره ما أبغى مكالمات.

- خير يا طويل العمر، آمرني.

- إحنا كام وظيفة شاغرة عندنا في كل الشركات؟

- أربعة يا طويل العمر.

- إيش هما؟

- إتنين منهم سكرتارية لشركة الادوات الطبية "أسأل مجرب و لا تسأل طبيب" طالبينهم في قسم المحاسبة، و وظيفة سواق في مصنع المكسرات "أكل اللوز حبة حبة" و وظيفة مهندس إنشائي في شركة المقاولات "ياباني في غير ملكك"

- هادي آخر وحدة أبغاها لإبن أخت المدام، أهم شي عندي إنه يتعين حسب إجراءات التعيين إللي ماشيين عليها، ما أبغى يبان في الموضوع أي نوع من أنواع الواسطة أو إني سعيت في تعيينه بحكم صلة قرابتي له فهمت قصدي؟ و هادا ملفه فيه كل شهاداته.

- ده معاه ثانوية يا طويل العمر!! و الوظيفة مهندس!

- أتصرف، أبغاه يتعيّن ويستلم شغله بكره، بس زي ما قلتلك الإجراءات حقت التعيين ما تتغير، يعني تعلن في الجريدة و تعمل إختبار قبول ومقابلة شخصية زي أي واحد يقدم، ما أبغى فضايح يا دكتور وطني مع الصحافة أو اللجنة و وزارة العمل.

- أطمئن يا طويل العمر، فهمتك، أعتبره أتعيّن من اليوم ولا تشيل هم، "هادي لعبتي".

- عظيم، تقدر تتفضل.

يذهب مدير إدارة الموارد البشرية إلى مكتبه حاملاً ملف "يويو" الفوشي اللون ويطلب من سكرتيره أن يَحضُر إلى داخل مكتبه ويغلق الباب.

ـ أبغاك تنزِّل إعلان الآن في الصحف المحلية كلها و تكتب التالي:

يمسك السكرتير بالقلم و دفتر التسجيل متحفزاً لكتابة ما سيُمليه عليه الدكتور وطني.

إلى شباب الوطن المكافح، وكما عودتكم مجموعة شركات الشيخ أبو ناسداك أنها دائماً تقف معكم قلباً وقالباً في مواجهة ظروف الحياة وما يعانيه المواطن من قلة وندرة الوظائف وللقضاء على البطالة بجميع أنواعها وأشكالها وألوانها وتمشياً مع قرارات وتوجيهات معالي وزير العمل فإنها وبكل فخر تعلن المجموعة عن توفر وظيفة مهندس إنشائي بشركة المقاولات "ياباني في غير ملكك" حسب الشروط التالية:

1. أن يكون المتقدم للوظيفة حاصل على الثانوية العامة بتقدير مقبول.

2. أن يكون قد مضى عليه في الثانوية العامة ثمان سنوات.

3. أن يكون لديه سيارة بورش حمراء اللون.

4. أن يكون اسم الدلع يويو.

فعلى من يجد في نفسه جميع ما ورد أعلاه دون إستثناء لأي شرط مما ذكر، فعليه إرسال صورة من الشهادات المطلوبة على فاكس رقم: 6666666 - عناية مدير إدارة الموارد البشرية في مدة اقصاها اليوم.

- كتبت كل إللي قلته؟

- بالحرف الواحد.

- هيا عِمِمْلي هادا الإعلان على كل الجرايد، بسرعة.

- أبشر.

ينطلق السكرتير إلى مكتبه ليبدأ اتصالاته بجميع الصحف المحلية لنشر الإعلان، في هذه الأثناء يفتح الدكتور وطني باب مكتبه ويأمر السكرتير بطلب غريب:

- شُدّلي فيش الفاكس إللي حطينا رقمه في الإعلان لا تنسى؟

ومن خلف ابتسامة خبيثة تظهر على وجه السكرتير، تتبعها غمزة تأكيدية علامة أن الرسالة وصلت.

يُبلِّغ يويو بالموعد عن طريق خالته زوجة الشيخ أبو ناسداك، ويتوجه منطلقاً بسيارته البورش الحمراء إلى مقر الشركة في اليوم التالي، فقد حُدد الموعد حسب طلب يويو في الحادية عشر مساءً!

حضر مرتدياً أجمل ما لديه من ملابس، "تي شيرت كَتْ أحمر كتب عليه بالإنجليزية " "Touch me Hard" وجينز برومودا بفصوص على أطرافه وصندل بحري، وبقصة الشعر المعروفة بإسم "قنفذ البراري"، فأوقفه موظف الاستقبال:

- أي خدمة؟

- فين مكتب إيش اسمه هادا مدير الوظايف؟

- قصدك إدارة الموارد البشرية؟

- يمكن! مدري، في أي دور هما دول؟

- دول!! تلاقيهم في "الدول الخامس" ... في الدور الخامس، أول مكتب على يدك إللي بتاكل بيها!

- ميرسي.

- عفواً يا قلبي، الله يرفع عنك.

يصعد يويو إلى الطابق الخامس وهو ينظر إلى المكاتب التي من حوله رافعاً يده اليمنى "إللي بياكل بيها" إلى أعلى حتى وصل إلى المكتب المطلوب فوجد الدكتور أسعد وطني في انتظاره:

- هاي.

- نعم!!

- أنا يويو!

ـ أهلاً أهلاً، أشرقت الأنوار زارتنا البركة ، أتفضل يا أستاذ يويو ... أنا الدكتور أسعد.

ـ قالتلي خالتو إن فيه إختبار اليوم و مقابلة شخصية عشان الوظيفة حقتي.

ـ صحيح، وأنا ولجنة المقابلة منتظرينك وجالسين عشانك لدى الوقت.

ـ بس بليز بسرعة عشان مواعد الشِلّة في الكافيه أصل اليوم عندنا تشات جماعي وما أبغى أتأخر عليهم.

ـ حالاً ... لا يمكن نأخرك عن الشلة، دا كلام!

ـ طيب فين راح أختبر؟

ـ هنا في مكتبي، أتفضل مكاني عشان تعرف تركز.

جلس "يويو" وهو ينظر لأكوام الورق على المكتب وأخذ يبعدها بأطراف أصابعه خوفاً وتحسباً من نقل أي عدوى جلدية يصاب بها جلده الناعم اللامع! وضع الدكتور أمام "يويو" ورقة إختبار اللغة الإنجليزية و قد جاء فيها الآتي:

(السؤال الأول) علامة واحدة فقط: DOOR تعني باللغة العربية "باب"، اكتب معنى كلمة DOOR باللغة العربية؟

(السؤال الثاني) علامة واحدة فقط: إذا كان هناك سيارتان و بكل سيارة عدد 4 كفرات و كل من السيارتين لا يوجد بها "إستبنه" فكم مجموع كفرات السيارتين معاً، أو على الأقل سيارة واحدة؟

(السؤال الثالث و الأخير ... والله) 98 علامة: أذكر أسماء إثنين من أصدقائك؟

استغرق يويو ثلاث ساعات ليجيب على الأسئلة الثلاثة!

وكان الدكتور أسعد قد استغرق في نوم عميق على أحد الكنبات المتواجدة بالمكتب.

ينهي "يويو" إختباره، ويهز الدكتور أسعد ليوقظه من نومه.

- لو سمحت، لو سمحت...

- مين؟

- أنا يويو.

- إيوه يا أستاذ يويو، في شي صعب عليك يبغاله شرح؟

- لا، أنا خلصت خلاص.

- كدا بسرعة! إن شاء الله تكون الأسئلة عجبتك وسهلة؟

- هي مو بطاله، بس السؤال الأخير تعبني مره، لأن عندي خمسة أصحاب و إنتوا تبغوا إتنين بس، عشان كده جلست أفكر أحط اسم مين يا ربي، تعبتوني في السؤال هادا، الله يعين إللي يتوظف عندكم!

- والله لو أدري إن عندك خمسة أصحاب، كُنا غيرنا السؤال على طول، على العموم باين من الإجابة إنك ناجح، خلينا نروح لغرفة الاجتماعات.

ويتوجه كل من يويو والدكتور إلى مكان المقابلة الشخصية، فيجد السادة أعضاء اللجنة قد أفترش كل منهم طاولة الاجتماعات الكبيرة وانخرطوا جميعاً في سمفونية شخير، وبنحنحة عالية من الدكتور أسعد استيقظوا مفزوعين ليسقط إثنين منهم على الأرض، عرَّف الدكتور الحضور على يويو وهو يمر عليهم مصافحاً وكأنه يستعرض حرس الشرف، سحب الدكتور أحد الكراسي وأشار بيده ليويو بأن يجلس ومن ثم أشار بيده لأعضاء اللجنة بالجلوس... وأخيراً جلس الدكتور بجانب يويو:

- ممكن تبدؤا يا حضرات، بس لو سمحتم بين كل سؤال وسؤال إستراحة دقيقة، واللي يبغي يسأل منكم الأستاذ يويو يرفع يده وهو إللي يختار.

رفع أحد الأعضاء لجنة المقابلة يده حسب أوامر الدكتور ليبدأ بسؤال يويو، فنظر إليه يويو على استحياء وهو يبتسم ابتسامة الخجل والإحراج:

- أستاذ يويو "ما هو لون سيارتك"؟

- أحمر، دم الغزال.

وهنا يقف الدكتور أسعد:

- شكراً يا حضرات على تواجدكم ممكن تنصرفوا الآن.

ويلتفت الدكتور ليويو مبتسماً وهو يصافحه بكلتا يديه وبكل حرارة:

- مبروك، ألف مبروك، مبروك علينا وعلى شركتنا شاب كفيء زيّك انت فخر لهذه الشركة.

- أووووتش، يدي لو سمحت، فغَّصتها!

- عفواً أنا آسف... تقدر تمشي الآن يا أستاذ يويو وبلِّغ الوالدة إنك أتعيّنت، و تقدر تداوم من بكرة في مكتبك الجديد في شركة المقاولات، إذا ما تعرف مكانها أمر عليك بنفسي أوديك لو حبيت؟

- لا شكراً حاروح مع السواق، سواقنا يعرف كل شوارع جدة لأنها صارت صعبة عليا حتى بالجي بي إس!

ينصرف يويو و يتصل الدكتور فوراً بالشيخ أبو ناسداك ليطمئنه على نتيجة المقابلة والإختبار.

- آلو مساء الخير يا طويل العمر.

- قول صباح الخير، إيش صار مع يويو؟

- كله تمام، نجح في جميع الإختبارات، ألف ألف مبروك.

- الله يطمنك، وقع كل مسوغات التعيين قبل ما تمشي.

- أبشر يا طويل العمر أي خدمة تانية مني؟

- لا شكراً.

- في حفظ الله يا طويل العمر.

زفّ البشرى أبو ناسداك في اليوم التالي صباحاً لزوجته بأن يويو نجح، و سوف يستلم وظيفته رسمياً غداً في شركة المقاولات كمهندس إنشائي، ففرحت زوجة أبو ناسداك بهذا الخبر السار، فرفعت سماعة الهاتف لتتصل بأختها أم يويو لتبشرها بذلك.

وفي ذلك اليوم عصراً، وكعادته يدخل أبو ناسداك مكتبه، ويُحضر مدير المكتب البريد اليومي المعتاد، وخلال قراءته للبريد، يدخل عليه مدير مكتبه و بيده ظرف.

- عفواً يا طويل العمر هادا الظرف وصل اليوم ومكتوب عليه "خاص"

- طيب حطه عندك.

وضع مدير المكتب الظرف على مكتب الشيخ و خرج مغلقاً الباب خلفه، فبعد أن فرغ الشيخ أبو ناسداك من قراءة البريد، مد يده لذلك الظرف الخاص وقام بفتحه وأخرج منه صفحة فوشية اللون تفوح منها رائحة العطر الفرنسي المعروف "شانيل رقم 5". فقرّب الرسالة نحو أنفه الكبير وأخذ نفساً عميقاً وهو يبتسم ويحدث نفسه:

- رسالة غرامية دي ولا إيه!! والله يا أبو ناسداك لسّه سحرك شغّال، ماهو زي إللي عندي في البيت ما ترسل غير فواتير!

بدأ أبو ناسداك في قراءة الرسالة، وفجأة يُسمع صوت ارتطام قوي إهتز له مبنى الشركة، فتجمع كل الموظفين داخل مكتب أبو ناسداك مصدر الهزة، ليجدوه ممدداً بجانب مكتبه الكبير وقد اخترقت الدبّاسة إحدى فتحتي أنفه وفي يده الرسالة ذات اللون الفوشي التي جاء فيها:

عزيزي ammo3

كيفلك؟ أنا ما أقدر أصحى بدري كل يوم عشان أروح الشغل، و كمان واحد صاحبي قالي: أن الوظيفة هادي فيها تُراب و غبرة مرة كتير بليز من غير ما زعل ما حأقدر أجي وأنا "مستقيل" (طلعت الكلمة دي من جوجل).... باي يويو 3>

"أنا"

وأشياء أخرى

"أنا" هو شاب في الثلاثين من عمره، تزوج من حلم حياته وهدفه الوردي ونصفه الأجمل وقد كانت قصة حب شكسبيرية تغنى بها الجميع، زوجة "أنا" سيدة متعلمة ومثقفة وذكية، علاّمة في شؤون الحياة الزوجية، دكتوراه مع مرتبة الشرف في جميع أنواع الطبخ والتدبير المنزلي، فهي تهتم بكل التفاصيل صغيرها وكبيرها يعني من الأخر "كاملة من مجاميعه".

أين المشكلة...؟ المشكلة يا سادة أن زوجة "أنا" تهتم بكل شيء ماعدى "أنا" وإليكم قصة ذلك اليوم المشؤوم الذي كان فاصلاً ومفصلياً في حياة "أنا"

أنا: صباح الخير ... بإبتسامة صباحية نضرة... بعد "تمطيعه" طويلة طازجة صحبها صوت عظام تتكسر.
الزوجة: صباح الخير... جهزت لك الفواتير ورتبتها تنازلياً حسب المبلغ وتصاعدياً حسب فروقات الهلل، "الجوال، تليفون البيت، الكهربا، المويه"، حتلاقيها كلها مطبقة جنب مفاتيح السيارة، جوة الظرف البني.
أنا: طيب، تبغي شي تاني قبل ما أمشي؟

الزوجة: وهي تعطي بعض أوامرها الصباحية المعتادة للعاملة المنزلية تقاطع نفسها...

لا شكرا... وتعود لتكمل فرماناتها الصباحية، أول تنضيف الستاير، وبعدين حمام الضيوف وبعدين المطبخ وبعدين ... خرج "أنا" مسرعاً وفي يده الظرف البني وكلمة "وبعدين ... وبعدين" تلاحقه وكأنها صدى صوت يتكرر داخل كهف مظلم رطب، إلى أن أغلق باب الكهف خلفه.

طبيعة عمل "أنا" تتطلب منه التركيز والدقة العالية، لكن مع حياته الزوجية والتي تغيرت جذرياً بعد مرور الثلاث سنوات الأولى من زواجه، فما أن يدخل مقر عمله حتى يبدأ عقله في التفكير ويغرق في بحر من السرَحان لساعات، مما أثر على أدائه الوظيفي ومخرجات عمله التي أصبحت تحمل الكثير من الأخطاء، فمؤخراً ظهرت عليه أعراض غريبة فقد بدأ يحدث نفسه بصوت مرتفع أحياناً وشاهده بعض زملائه في العمل وهو يأكل صفحات من تقارير ميزانيات الأقسام وبعض الظروف وأسلاك الهاتف!

كانت رغبة "أنا" الملحة وأمنيته الوحيدة هو أن يجلس مع زوجته ويضمهما حديث رومنسي كما يفعل العشاق... "بلاش العشاق! كزوجين" دون أن تنتهي كل جلسة بينهما وفي كل مرة بمعركة كلامية يتخللها دائماً تقاذف التهم

المتبادلة بينهما في عرض تفاضلي بين الطرفين ثلاثي الأبعاد.

يشعر "أنا" دائماً بغربة عاطفية وأن هناك نقص واضح في هرمون الاتصال والتواصل مما أنتج هذه العلاقة الزوجية "المفرزنة" التي لا تحمل لغة مفهومة، وكأنهما زوجين من كوكبين مختلفين! في المقابل يرى "أنا" أن زوجته لا يظهر عليها أي استياء جراء هذه الفجوة التواصلية بينهما! مع أنه ومن المعروف أن الأنثى عادة في حاجة ماسة ودائمة لمن يغذي عاطفتها بالكلمات الرومنسية وهمسات الحب الدافئة، والأنثى تعتبر من الموصلات القوية فهي الوحيدة القادرة على توصيل ما لا يمكن إيصاله للطرف الآخر.

وفي خضم هذه الأمواج المتلاطمة داخل رأس "أنا" نظر إلى الهاتف وهو يفكر في إنهاء هذا الوضع المأساوي، وكبادرة حسنة منه، بأن يبدأ بالخطوة الأولى وقد ملئ بالإصرار والاندفاع الإيجابي على أن لا يدع هذا الجفاف الزوجي يتمكن من حياته ويدمرها، فرفع سماعة الهاتف وهو يفكر فيما سوف يقوله، فوضع سماعة الهاتف وهو يفكر، وبعد نصف ساعة من التفكير تخللها عشرات الرفع والإغلاق لسماعة الهاتف، قرأ المعوذات ودعاء السفر وتوكل على الله واتصل.

أنا: بصوت كله نشاط وسعادة، يا صباح الفل.

الزوجة: أهلا صباح الخير ... مين؟

أنا: أنا!

الزوجة: خير في شي؟

أنا: لا أبداً كنت أبغى أقلك إيش رأيك نروح نتعشى اليوم بره؟

الزوجه: اليوم! مممم طيب ليش لأ... قللي سددت الفواتير؟

أنا: فواتير!! ... إيوه الفواتير، سددتها خلاص... المهم العشا أوكيه على الساعة تمانية؟

الزوجة: لالالا... تمانية ما ينفع... جي حق الستاير عشان ياخد مقاسات الصوالين اليوم.

أنا: أجلي موعده لبكرة؟

الزوجة: لا طبعاً... ألتزمت معاه خلاص.

أنا: طيب... نخلي موعد العشا الساعة تسعة.

الزوجة: تسعة ممكن، يكون خلص المقاسات، خلاص تسعة.

أنا: عظيم.

ولندرة المكالمات الهاتفية الطويلة بين "أنا" وزوجته عادة، أحب "أنا" أن يطيل في المكالمة مع زوجته كون هذه إحدى الخطوات الأولى نحو التغيير الإيجابي الذي ينشده "أنا" في علاقته مع زوجته، فأخذ يصف لها المطعم الذي سيذهبون له من الخارج والداخل وقائمة طعامه المميزة وتخصصه والقيم الغذائية والسعرات الحرارية وكم أنها ستُعجب بالمكان وجو المكان الرائع... الخ.

الزوجة: إيش درّاك إن المطعم حيعجبني؟ مو يمكن أكله
يطلع أي كلام، و بعدين هو فين مكان المطعم دا أصلاً؟

أنا: مو بعيد على طريق الملك.

الزوجة: مشوار! ما في شي أقرب من كده؟ على الأقل
الواحد يرجع بدري، عندي مليون شغله في البيت.

أنا: أبداً ما هو بعيد مشوار عشرة دقايق.

الزوجة: ممكن لحظة؟

أنا: خير؟

الزوجة: دقيقة.

أنا: طيب.

انتظر "أنا" على سماعة الهاتف وهو يخاطب نفسه بصوت
غير مسموع، يا ريتني ما قلتلها على موضوع المطعم
هادا.

وبعد خمس دقائق كاملة من الانتظار.

الزوجة: آلو.

أنا: أيوه.

الزوجة: إنت لسة على الخط؟

أنا: منتظرك!

الزوجة: المهم أنا لازم أقفل دحين عشان لازم أروح السوبر
ماركت، إنت عارف اليوم يوم المقاضي، وعشان أرجع قبل
صلاة الضهر أجهز الغدا.

أنا: طيب العشا اليوم، المطعم؟

الزوجة: خلاص طيب، بس زي ما قلت لك على الساعة تسعة.

أنا: تسعة بالدقيقة.

الزوجة: طيب طيب.

أنا: مع السلامة ..

أود أن اوضح هنا، أن جملة "مع السلامة" التي صدرت من "أنا" في نهاية المكالمة، كانت عبارة عن صدى صوت نشرت وطارت في فراغ الكون اللامتناهي فيما وراء المجرات! لأن الزوجة في تلك اللحظة كانت قد أنهت المكالمة وأغلقت سماعة الهاتف بسرعة الضوء!

انتهى "أنا" من عمله في ذلك اليوم متأخراً بسبب أعمال طرأت فجأة في الدقائق الأخيرة من نهاية الدوام، لذا اتجه مسرعاً بسيارته قاطعاً نصف الإشارات المرورية إلى منزله ليصطحب الزوجة إلى العشاء الموعود، كان "أنا" أمام بوابة منزله في تمام الساعة التاسعة وعشر دقائق، وأثناء ضغطه على زر هاتف الباب ليعلن "أنا" عن وجوده ويطلب من الزوجة النزول، رأى أحد جيرانه يلوح له من بعيد قادماً نحوه، وصل الجار مهرولاً محاولاً التقاط أنفاسه فهو رجل كبير في السن ومن أقدم قاطني الحي الذي يسكن فيه "أنا".

الجار: السلام عليكم ...

أنا: وعليكم السلام كيف الحال يا أبو حسان أرتاح وخد نسمك، خير؟

الجار: الحمد لله بخير ونعمه، لا أكون عطلتك عن شي؟

أنا: لا أبداً منتظر المدام تنزل، خير يا أبو حسان قلقتني إيش في!

الجار: يا أخي هادا جارنا الدكتور طارق أولاده بهدلونا!

أنا: إيش حصل؟

وأثناء حديث "أنا" أمام باب منزله مع الجار أبو حسان وضع إصبعه للمرة الثالثة على زر هاتف الباب، فحتى الأن لم تجيب عليه الزوجة!

الجار: أولاده يا أخي تقول جن، طول الليل سهرانين في حوش بيتهم، صياح ولعب ومشغلين مسجل بصوت عالي وكأنه مافي جيران، وأنا راجل زي منتى عارف أنام بدري و...

أنا: طيب ما تكلم الدكتور وراح يتفهم الوضع تراه شخص طيب ويحترم جيرانه.

ومن حين إلى آخر و "أنا" يحفر بأصبعه ذلك الجرس اللعين وينظر الى ساعته.

الجار: أنا دوبي جي من بيته بس الدكتور ما كان موجود فردت علي زوجته، وقلت خليني أشتكيلها طالما إني وصلت.

أنا: وبلغتها؟

الجار: طبعا، قلتلها "يا أمي أولادك ما شاء لله مطيريين النوم من عيونا، صوتهم عالي طول الليل، فأرجوكم بس لو إنكم..." أنا ما كملت الكلمة وإلا الحرمة أنفجرت فيا تقول انبوبة غاز... "أولادي أحرار في بيتهم يلعبوا ويصرخوا زي ما يبغوا ملكهم وإذا مو عاجبك، عزّل"، يا راجل دي حرمة شردوحه، كيف متحملها زوجها مأأدري!، ولما شفتك واقف عند الباب قلت أجي أحكيلك، تشوف لي دبره معاهم.

وفي خضم حديث "أنا" مع أبو حسان عن أنبوبة الغاز زوجة الدكتور طارق التي أنفجرت في وجهه، تهب عاصفة ثلجية محملة بوابل من البرَد السيبيري آتيه من هاتف الباب، وبصوت عالي حاد مفجع مفزع قفز كل من "أنا" والجار أبو حسان في آن واحد وبحركة متزامنة لا إرادية وكأنهم يؤدون رقصة باليه لبحيرة البجع، فتمالكت نفسي وهديت على جاري الذي تغير لون وجهه.

الزوجة: مييييييين؟

أنا: أنا

الزوجة: الساعة كم معاك دحين؟

أنا: الساعة تسعة وربع، و"أنا" ينظر إلى أبو حسان وقد ارتسمت على وجهه ابتسامة ليس لها ملامح وظهر عليه كل علامات الإحراج والغباء.

الزوجة: وإحنا موعدنا الساعة كم أصلاً؟

أنا: موعدنا تسعة.

الزوجة: ولما هو موعدنا تسعة جي متأخر ليش؟

أنا: طيب إيش المشكلة؟ ممكن نروح الآن إيش ورانا؟ حق الستاير وخلص، وعشان خاطر جنابه أجلنا الموعد.

الزوجة: نعم؟ إيش ورانا! المسألة، مسألة مبدأ يا سيد.

أنا: يا سيد!!

الجار: انت متأكد هادا بيتك؟

أنا: طيب ممكن لو سمحتي تنزلي عشان نروح نتعشى؟

الزوجه: آسفة ما أقدر.

الجار: ليش؟

أندمج الجار "أبو حسان" في الحوار الساخن، فمن المعروف عن الجار أبو حسان أنه من طراز الجيران الحشريين "ملاقيف الحي!"

أنا: ... ليش؟

الزوجة: احترام المواعيد شيء أساسي في الحياة لأنه جزء من احترام الذات والآخرين.

يشير أبو حسان بيده "لأنا" تلك الإشارة المعروفة، إشارة "مجنونة دي ولا إيه" فأرسل "أنا" إليه نظرة صاروخية رافعاً فيها حاجبه الأيمن متضمنة رسالة مفادها: "عيب" ولسان حال "أنا" يقول: مجنونه وستين مجنونه!

أنا: لا معليش مع احترامي لمبادئك لازم تعذريني وتسألي أول عن سبب التأخير، ثانيا التأخير كان خارج عن إرادتي.

وفي هذا اللغط الأشبه ببرامج الفضائيات الحوارية العربية، تجمع كل من سمع صوت "أنا" وزوجته والجار أبو حسان في الشارع من سائقين وحرّاس البيوت المجاورة، وتحلقوا وتجمهروا حول "أنا" وأبو حسان..

الزوجة: الحياة الزوجية التزام واحترام متبادل وهادا جزء منه احترام مين بمواعيده.

أحد المتابعين من الجمهور من الأخوة والأشقاء الهنود أطلقها من القلب مدوية وبكل وضوح: "هادا حرمه مخ مافي مزبوط" فتشجع "أنا" ليكمل حواره بكل قوة وصلابة لا يثنيه عن الحق شيء فهو ينتظر هذه اللحظة منذ سنوات طويلة، سنوات من المعاناة والجفاء والألم، سنوات حملت الكثير من الانعزالية والإقصاء العاطفي، وآن الأوان ليتخذ موقف حاسم حازم ليُخرج ما دسه تحت الرماد مشتعلاً في صدره.

أنا: الحياة الزوجية تتطلب زوجة بكل ما تعنيه الكلمة من معنى أولاً بعدين أتكلمي عن التزام واحترام وكلام فاضي!

الجار: إيوه.

تبعها الجمع الغفير ممن التف حول "أنا" وعلى اختلاف جنسياتهم ودياناتهم ولغاتهم وثقافاتهم، بصيحة جماعية واحدة: "إيوااااه"، وكأن الرجال في تلك اللحظة المجيدة

المباركة والتي جمعتهم من غير ميعاد قد اتحدوا ضد كيد ورزالة وعناد نساء العالم، ليقفوا صفاً واحدا في وجه ظلمهن بكل قوة، فقد كانت لحظة مؤثرة بالفعل تسجل في صفحات تاريخ المستضعفين من الرجال، وأكثر المتواجدين اغرورقت أعينهم بمزيج من دموع الغبن والفرح، فرح الحرية من القمع الأنثوي المؤدلج، فخرجت أصواتهم تحمل معاني ثورات المنتصرين على الطغاة.

أنا: لما تعرف الزوجة أن لها زوج هو عبارة مجموعة مشاعر، عندما تعلم الزوجة أن زوجها هو الأول والأخير في حياتها، ولا شيء يأتي قبله ولا بعده، وكل الأمور تصغر بل تتلاشى أمامه وفي وجوده في حياة زوجته.

لم يتمالك نفسه الجار أبو حسان بعد سماعه تلك الكلمات الإدرينالية التي صدح بها "أنا" بكل صدق، فأخذ يصفق وهو ينظر نحو الجميع يحثهم على التصفيق، ويدوي تصفيق حاد أهتز له الحي والشوارع المجاورة، وتظهر ابتسامة الرضى على وجه "أنا" وانتابه شعور القادة والفرسان وهم يحثون جيوشهم ويشيرون لهم نحو النصر.

الزوجة: لولا تفكير المرأة العقلاني والواقعي... وهنا يقاطعها الجمهور: "بوووووووووووووو".

الزوجة: لو سمحتم... هدوء... بدون مقاطعة.

هنا رفع الجار أبو حسان يديه يشير للواقفين بأن يسكتوا: "ششششششششش" خلينا نسمع، أعطوها فرصة تدافع عن نفسها يا جماعة أتفضلي كملي.

الزوجة: الزوجة هي التي تصنع المجتمع، ولو لم تكن منتبهة لكل شاردة و واردة في بيتها، كزوجة وكأم... لفسد المجتمع بأسره ولنهارت أخلاقيات الأمم، ولم نستطع عندها الحفاظ على كمال أعراقنا، لقد انتهى عصر الزوجة المقهورة، انتهى عصر التبعية والتسلط الذي جردها من حقوقها الفكرية والمادية والمعنوية، فنحن لنا فكرنا المستقل لنقِّوم به هذا الكوكب الذكوري، فلا وألف لا للتبعية بعد اليوم.

تجمع الجيران وعدد كبير من أطفال الحي على المساجلة العصماء بمن فيهم أولاد الدكتور طارق "اإللي ما يناموا"، كما شوهدت إحدى سيارات الآيس كريم تقف على جانب الشارع منتهزة فرصة تجمع هذا العدد من الأطفال الذي عادة لا يتم إلا في الأعياد وعلى الكورنيش، و بما أن الحوار أصبح شيقاً وأكثر سخونة، قام أحد الأخوة الإندونيسيين ببادرة طيبة وأحضر إبريقاً كبيراً من الشاهي وعدد من الأكواب الورقية وأخذ يوزعها على الحاضرين، وفي لحظة سرحان من "أنا" وهو ينظر لأكواب الشاهي وهي تدور بين الحاضرين، إذا بالجار يذكر "أنا": دورك ترد.

أنا: إحم... إن الزوج...

ويخترق الجمع صوت غريب يشق مسامعهم، فلم يكن سوى صوت صافرة سيارة الشرطة!

وفي لمح البصر، تبعثر الحشد في كل اتجاه من سواقين وبوابين وعمال نظافة وشحاتين، فقد كان معظمهم لا يحملون إقامات نظامية! حتى الصغار كلٌ أخذ يركض في اتجاه، ولم يتبقى إلا "أنا" وأبو حسان، فأتجه نحوهما أحد الضباط وبعد السلام قال بصوت رخيم كله نوم: جانا بلاغ أنه في مظاهرة.

أنا: مظاهرة! لا أبداً لا مظاهرة ولا حاجة، إحنا كنا متجمعين قصدي أهل الحي دايماً نتقابل عشان نناقش أمور الحي، ومتطلباته ومنها السؤال على بعض فالجار للجار زي منتى عارف يا حضرة الضابط.

الجار: هادا كلام صحيح يا حضرة الضابط، مظاهرات إيه يا راجل، ربنا ما يجيب مظاهرات ولا ثورات.

الزوجة: لا يوجد مظاهرات يا حضرة الضابط، هادا بلاغ كيدي.

الضابط: على العموم إذا حبيتوا تعملوا بعد كده اجتماع لأهل الحي ممكن تستعينوا ببيت أحد فيكم ولا الوقفة في الشارع لأنه فيه إزعاج لباقي الجيران.

أنا: أكيد، وإحنا آسفين عموما.

الجار: ممكن سؤال يا حضرة الضابط؟ ممكن نعرف مين إلي قدم هذا البلاغ لو مافي مانع؟

الضابط: جيران لكم، عائلة الدكتور طارق.

ويلتفت الجار نحو "أنا": شفت مو قلتلك، حرمة مفترية، هي إللي مبلغه عننا ومتهمانا بمظاهرة تبغى تضيعنا إللي ما تخاف الله!

أنا: حصل خير يا حضرة الضابط ونعتذر عن الإزعاج.

ذهب الضابط بعد تحذيره لهم شفهياً من مغبة إزعاج الجيران والسلطات، وبقي "أنا" والجار والزوجة أمام بوابة بيت "أنا"، فنظر الجار "أبو حسان لساعته...

الجار: لازم أمشي أتأخرت على البيت، أم حسان تقفل الباب الساعة إحدعش وما تفك الباب للجن الأحمر، حكيني بكرة إيش صار معاك، تصبح على خير... تصبحي على خير يا مدام.

أصبح "أنا" وحيداً كما بدأ وحيداً هو والزوجة ولا يزالوا يتواصلون عبر هاتف الباب، وقد ظهرت علامات التعب والإجهاد على "أنا".

أنا: ممكن تفتحيلي الباب عشان نسيت مفاتيحي اليوم، وأدخل أرتاح بعد الفضايح دي؟

الزوجة: تعتذر أول، أنت مطالب بإعتذار أولاً بسبب تأخيرك وثانيا للفضيحة إللي إنت سببها.

أنا: أعتذار! على إيه، التأخير وكان بسبب خارج عن إرادتي.

الزوجة: تعتذر.

أنا: أستهدي بالله وأفتحي الباب، شكلي مو حلو كدا في الشارع، حتلمي الناس علينا تاني!.

الزوجة: الاعتذار أول.

أنا: لا يمكن أعتذر، أنا ما غلطت عشان أعتذر.

الزوجة: تصبح على خير.

وتغلق الزوجة هاتف الباب، دون رحمة أو رأفه، وفي هذه الأثناء يظهر الجار "أبو حسان" مرة أخرى في الأفق وهو يقلب كفيه ويحدث نفسه بكلمات غير مفهومة، فمن الواضح أن "أم حسان" أغلقت الباب في الموعد المحدد!

الجار: حطت المفتاح من جوه قليلة خوف الله.

أنا: الحال من بعضه.

وأخذ كل منهما يشكو للآخر معاناته مع زوجته وهما يسيران في الشوارع الجانبية، إذ يخرج عليهم أحد حرّاس الفلل المجاورة، من الذين شهدوا المناظرة، فنظر إلى "أنا" بوجه انسدلت عليه ابتسامة آسيوية بريئة مفعمة بأسنان صفراء.

الحارس: إنت مزبوط، هادا حرمة كله سيم سيم مخ خربان!

ثم تذكر أنه لم يلقي عليهم السلام.

الحارس: كيف هال...؟

الجار: حال زفت... ما في نوم في بيت في نوم في شارع.

الحارس: ليش نوم في شارع؟ أنت نوم في غرفة حقي، غرفة كبير، لازم نوم سوى سوى، فضل... فضل.

سار كل من "أنا" والجار "أبو حسان" وقد غمرهما الإحراج والصمت خلف ذلك الحارس الكريم، وقضيا تلك الليلة في غرفته الصغيرة وانتهت بهذا ليلة مأساوية أخرى في حياة "أنا" ولم تنتهي حياته بعد.

البيمارستان

اسمي "صالح" الإبن الأكبر في عائلة مكونة من ستة أفراد، و أبي هو بطل هذه القصة. يبلغ أبي من العمر خمس و وستون عاماً، وهو رجل ممن يطلق عليهم صفة العصاميون، عمل أبي في إحدى الوزارات الحكومية طيلة ثلاثين عاماً دون كلل أو ملل ليوفر لعائلته المال اللازم ليبقيهم أحياء. وفقه الله في بناء عمارة بقرض من صندوق التنمية العقاري، فأعطى كل واحد منا شقة فيها وبقي عليه من ذلك القرض مبلغ أربعين ألف ريال، فلم يترك أحداً بالحي إلا ويحكي له قصة ذلك الديْن الهائل اللعين الذي يحمله على كتفيه وطار بسببه النوم من عينيه، ورفض كل المحاولات بأن نسدد عنه القرض إيمانا منه أن الوالد ورب الأسرة هو من يعيل ويهتم بأسرته مهما بلغ الأمر مبلغه.

كان أبي عصبي المزاج سريع الغضب يؤرقه ذلك الديْن ليل نهار وكان دائماً يهدد ببيع العمارة لسداد المبلغ الذي في ذمته للدولة، فأبي هكذا يضخم الأمور ويعطيها حجماً أكبر من حجمها الطبيعي فالمبلغ "تافه" وهو لا يراه كذلك.

مع ذلك تعلمت من أبي أشياء كثيرة كانت سنداً لي في الحياة، فهو بالنسبة لي المعلم الأول، تعلمت منه كيف أكون

إنساناً، كيف أكون محباً للناس وللخير ومساعدة الأخرين، وقبل كل هذا كيف أصبح أباً، فتعلقي بأبي له أسبابه، فعندما أنجبت أول طفل لي اكتشفت أن أهمية الأب في العائلة لا تنحصر فقط في وجود ذلك الشخص الذي يعمل ويكد ويجتهد لتوفير المال والغذاء، إنما الأب في العائلة هو مثل ذلك الفارس الممسك بدرعين في كلتا يديه مبعداً بهما سهام الحياة المارقة الحارقة عن أسرته ولا يضيره إن وقع سهم منها في صدره أو ظهره دفاعاً عن من تحت غطاء مسؤوليته فهو يضحي بنفسه في سبيل بقاء أسرته.

وفي أحد أيام الجمعة والتي اعتدنا فيها التجمع في بيت العائلة الكبير أنا وأخي وأخواتي وأزواجهم، أحس أبي بألم داهمه فجأة بعد أن انتهينا من وجبة غداء دسمة من أيدي الوالدة، فانتبهت أمي وهو يضع يده اليمنى على الناحية اليسرى من صدره، فسألته على الفور وهي مرتبكة:

- إيشبك يا أبو صالح؟ فالتفت الجميع ناحية أبي وهم ينتظرون إجابته!

- حسيت بنغزة غريبة في صدري، مافي شي لا تنفجعوا، شوية غازات من الفاصلية التي سوتها أمكم!

فقالت أختي الصغرى عديله والملقبة "بالمفزلكة" والتي حصلت مؤخراً على شهادة الماجستير في علم الأحياء الدقيقة وكانت رسالتها في "أسباب قصر نظر الضفدع"، لا يابويا مافي حاجة اسمها لا تنفجعوا، أجل هُمّا عملوا

المستشفيات ليه؟ لازم تروح لدكتور متخصص تخليه يفحصك، الواحد بيكبر ما بيصغر! على فكرة أنا ممكن أقيس لك الضغط أخدت دورة في الإسعافات الأولية و إنقاذ الغرقى.

ـ أنا ماني واحد من ضفادعك، عمره أحد فيكم شاف ولا سمع عن ضفدع بنضّاره؟ قال إنقاذ غرقى مو لما تعرفي تسبحي أول!

لم يعاني والدي طوال حياته من أي مرض ولله الحمد، فلا أذكر أنه قد أصيب بالسكر أو إرتفاع في ضغط الدم أو حتى ضعف النظر، و لدهشة الجميع من ذلك الألم المفاجئ الذي انتابه أصر عليه الجميع بأن يذهب إلى الطبيب لعمل فحص شامل لوظائف الجسم، فكل واحد منهم أخذ يقنعه بأهمية ذهابه إلى المستشفى، دخل في الحوار زوج أختى عديله، المهندس في قطاع الصرف الصحي:

ـ والله يا عمي من واقع خبرتي و احتكاكي بالمراجعين، أعرف لك دكتور حق أمراض قلب علّامة في طب السكتات القلبية والجلطات واللزي منه.

ـ فال الله ولا فالك، يا أبو ريحة، خليك في المجاري حقتك، تلات أرباع البلد ما فيها مجاري! ويقولي احتكاكي بالمراجعين! مراجعين إيه! هما كل إللي وصلاهم المجاري عشرة أنفار في البلد، منهم البحر!

فتغير لون وجه المهندس ودس رأسه خلف كتفي زوجته ولم ينطق بكلمة، في هذه الأثناء يدخل أخي الأصغر "عبد الحميد" مرتدياً مريلة الطبخ وبيده إبريق الشاهي الأخضر، وعبد الحميد أحد الخريجين العاطلين عن العمل، فمنذ تخرجه من سبع سنوات لم يجد وظيفة حتى الآن، وقد أثرت فيه وعليه جلسته الطويلة في المنزل مع أمي، ومن كثرة مساعدته لها في شؤون البيت والمطبخ، حتى أصبح يتمتع بعقلية فذّة في الطبخ فهو يتقن العديد من الآكلات الشعبية والعربية والأسيوية، منها على سبيل المثال لا الحصر: الصيني والجاوي والمصري وأخرهم المطبخ الهندي الأحمر! وهو يهتم كثيراً بترتيب المنزل ومتابعة برامج الطبخ الصباحية ومكالمة الجيران وصديقات الوالدة على الهاتف لساعات طويلة يقدم لهن الكثير من النصائح المنزلية وتبادل طرق الطبخ والمقادير، حتى أنه رفض رفضاً باتاً وهدد بمغادرة المنزل إذا أبي أقدم على استقدام أي عاملة منزلية فقال لأبي ينصحه:

- والله يا أبو صالح لو تسمع كلامي و تخليني أغلي لك شوية خولنجان على شوية زنجبيل بالقرفه وتشربهم كل يوم الصباح على الريق إنك تصير زي الحصان. رد أبي و هو في شدة الضيق والآسى من هذا العاطل الذي حزن عليه أشد الحزن:

- إنت الحاجة الوحيدة إللي تعباني في حياتي! إيش أقول فيك بس! مخلِّف شغالة في البيت، لكن ماهو منك، من

التخصص إللي زي وجهك إللي درسته إللي مخليك منتا لاقي شغل، أحد في الدنيا يا ناس يتخصص فَلَكُ!! بس فالح تيجي كل ليلة آخر رمضان وتقول لنا "بناءً على حساباتي الفلكية، رمضان السنة هادي 26 يوم"، في رمضان عمره جا 26 يوم يا غبي! أقلب وجهك وأرجع للمطبخ كمِّل شغلك الله لا يبارك فيك، متخلف!

رفع أخي طرف مريلته بأطراف أصابعه و ذهب إلى المطبخ مسرعاً "مبرطماً" بكلمات غير مفهومة، وأنا أضع يدي على فمي حتى أكتم ضحكاتي، فقلت لأبي مبتسماً:

- طيب ليش ما أخد لك موعد أنا بكرة في المستشفى إللي إنت تختارها بنفسك ونروح سوى، أعتبرها تمشيه؟

- شوف يا صالح يا ولدي، أي نعم إنت دكتور كبير في الجامعة ولك مكانتك الاجتماعية وأعقل أولادي الأغبيا، لكن ترى ما تقل جهل عن أخوانك، إنتوا ما تفهموا! أنا ما فيا شي أنا بصحتي، شوية غازات قلنا وراح تروح.

فأخذت نصيبي وجلست أنتظر من سيكون التالي، فجاء دور زوج أختي إعتدال يُدلي بدلوه، و هو أحد أشهر الشعراء الذين تخصصوا في الشعر العامودي العريض في العصر الحديث و له زاويته الشعرية في الكثير من الصحف المحلية والعربية، ولديه مدونة بإسم "دماء القلوب الحمراء عند الغسق" فيتحفنا كل صباح بكلمات ليست كالكلمات:

ـ يا أبى صالح، أرأيت إن ذهبنا إلى أحد البيمارستانات لتُفحص فحصاً مبرجاً فذلك خير لك ولنا، فأنت لا تدري وأنا لا أدري وأبناؤك لا يدرون وزوجك لا تدري والجميع لا يدري ما قد يكون سابحاً قابعاً داخل جسمك وشرايينك، أهوَ فايروس أم طفيلي، يتحين فرصته لينقض عليك ويضرب ضربته؟

ـ عساك بضربة في راسك يا بعيد، من يوم ما جيت تخطب البقرة إللي قاعدة جنبك دي وشفتك، قلت سبحان الله، راكبين على بعض الإتنين، قبقاب وتاسومه! شوف يا شاعر الزقايق، أنا بخير ما أبغى كلام في الموضوع هادا تاني، مفهوم؟

و سكتنا جميعاً وأخذنا نتجرع أكواب الشاهي الأخضر و كل واحد فينا ينظر للآخر وهو يكتم ضحكاته، لكنني لم ألاحظ أن تكلمت أمي أو حثت أبي على الذهاب إلى المستشفى كما فعلنا جميعاً! فتذكرت أنها ذلك الملاك الذي حمل وتحمل أبي طيلة هذه السنوات فلم تكدر له لحظة من لحظات حياته ولم يسمع منها إلا كل كلمة طيبة ودعاء له في كل صلواتها تشق السماء في كل يوم وليلة، مع ذلك لم تفارق وجهها ملامح الخوف ونظرات القلق على أبي.

وعاود أبي الألم مرة أخرى، و لكن هذه المرة أشد، حتى أنه أتكأ على جنبه الأيسر من شدة الألم، عندها لم نكتفي بما قلناه له بل حملناه إلى أحد المستثشفيات الخاصة المشهورة بروعة ديكوراتها وجمال ممرضاتها، فدخلنا به إلى قسم

الطوارئ فالتف حولنا عدد من الممرضات ثم بعد عشرة دقائق ظهر طبيب الطوارئ المناوب.

- خير يا جماعة في إيه، ماله الحاج، ألف سلامة عليه؟

فأجابه أخي عبدالحميد وهو لا يزال بمريلة المطبخ، ينظر إليه الطبيب من أعلى إلى أسفل مستغرباً!

- أبداً يا دكتور، كان قاعد وسطنا زي الجبل وفجأة جاله ألم في صدره وطاح! الله لا يحرمنا منك يا أبو صالح دي دخلتك علينا بالدنيا، وأجهش أخي بالبكاء وهو يخفي وجهه بالمريلة!

- طيب يا جماعة ممكن تتفضلوا شويه بره لو سمحتم عشان نشوف شغلنا.

- طيب يا دكتور، هيا يا جماعة خلي الدكتور يشوف شغله. كانت أمي المسكينة تبكي، وتخفي دموعها وكأن عينيها تقول لأبي: "لا تتركني وحدي في هذه الدنيا ابقى معي، لقد وعدتني أن نبقى سوياً إلى الأبد"، وانخرطت في دعاء وتمتمات لم يسمعها سوى الرب.

جلسنا جميعاً في غرفة الانتظار، ننتظر نتيجة الفحص وبعد ربع ساعة خرج علينا الطبيب فنهضنا جميعاً ننتظر النتائج.

- ها يا دكتور بَشِّر؟

- والله حالته مش ولابد، ولازم نطلعه العناية المركزة فوراً ويكون تحت الملاحظة الموضوع بسيط ما تضخضوش.

- طيب إيش طلع عنده؟

- هو عنده إشتباه جلطة في أحد الشرايين.

- جلطه! يحتجله عملية يعني؟

- داه إللي حيقررو دكتور القلب بكرة إن شاء الله، على العموم أنا حأكتبلو على دخول دلوقتي وشوية تحاليل للدم وتروح الاستقبال عشان تنهي إجراءات الدخول بتعته.

أخذت أهوّن على أمي الموقف بأن أبي بخير وسوف يبقوه في المستشفى لعمل الفحوصات اللازمة، وأن هذا الفحص سوف يفيده، وذهبت أنا وزوج أختي الشاعر إلى مكتب الاستقبال لأدفع الرسوم وإنهاء إجراءات التنويم.

- السلام عليكم.

- و عليكم السلام

- أبغى أدفع رسوم دخول لمريض لو سمحت.

- آي ... بكل سرور، شنو إسم المريض ياخي؟

- حامد أحمد محمود.

- وإيش نوع الغرفة إللي تحبوها؟

- كيف يعني؟

- جناح ملكي مطل على البحر، جناح عايدي مطل على الحديقة، درجة أولى مطلة على الشارع، درجة تانية ما تطل على شي لأنه مافيها شبابيك؟

- جناح عايدي، إحنا ما شاء الله عيلتنا كبيرة وأكيد حيجوا يزوروه ناس كتير.

- كويس خالص، تلاتة أيام في 3000 يعني 9000، تديني دفعةِ 8،999 إلين تطلع الفاتورة النهائية.

- نعم! 9000؟ غير أدوية وتمريض وأشياء تانية الله يعلم بيها.

- هادا النزام تبع المستشفى.

وهنا تدخل زوج أختي الشاعر:

- أليس هناك تخفيض أو ما شابه من المراعاة والتيسير؟

- لا والله يااخي مع الأسف أسعارنا زابته.

حسمت الموقف بإعطاء الموظف بطاقتي الائتمانية حتى يخصم المبلغ.

- ماشي الحال، الأمر لله، أتفضل.

- هادي بطاغة فيزا؟

- إيوه بطاقة فيزا إشبها؟

- حنضيف عليك العمولة إللي بيخصمها البنك من عندينا على بطاغات الفيزا!

- ضيف يا سيدي، المهم خلِّصنا.

ويتدخل زوج أختي مره أخرى:

- ولم تحملنا ما لا يعنينا من العمولة، أليس من المفترض أن يدفع البيمارستان هذه العمولة للمصرف؟

- مِنو ياخي؟ المرستان!

قاطعتهم لأوقف هذا الجدل!

- خلاص خليه يضيف يخصم، المهم أعطينا رقم الغرفة.

- جميل خالص، رقم الغرفة 412 الدور الرابع.
- شكراً.

رجعت مسرعاً وحدي إلى غرفة الطوارئ لآخذ والدي إلى الجناح، وبقي زوج أختي الشاعر يشرح لموظف الاستقبال ما معنى كلمة "بيمارستان"، ومحاولة تعديل مفرداته العربية ومخارج حروفه المضروبة!

- خلاص يا جماعة حجزت الغرفة رقمها 412 في الدور الرابع، خليهم يطلّعوه غرفته الآن عشان يرتاح.

طلبت من زوج أختي المهندس أن يطلب من الممرضة أن تنقله إلى غرفته، فتوجه إلى الممرضة وهو يكلمها باللغة الإنجليزية التي لا يتقنها!

- يا سيستر ... بليز ممكن هادا شيبه في ودي تو غرفة؟ نمبر فور آند تويلف.

أُدخِل أبي إلى غرفته وسألني: يا صالح، ليش مقعدني في المستشفى؟

- دكتور الطوارئ يابويا قال إنه لازم يشوفك دكتور القلب بكرة الصباح ويعملك فحوصات للاطمئنان مو أكتر. فردت أمي والدموع لا تزال في عينيها: الله يخليك يا أبو صالح إحنا كمان نبغى نطمن عليك، شوف كيف حالتنا مفجوعين عليك، على الأقل خلينا نطمن وبالنا يرتاح!

- طيب خلاص، المهم ما أبغى دكتور حمار يعمل لي فيها فاهم ويقطّع ويقَصقِص فيّا، صالح أعرف لي مين هو

الدكتور وإيش شهاداته، ولاّ حأمسح فيه غرف المستشفى، فاهم؟

- حاضر لا تشيل هم، أنا حأجبلك اسمه الآن حأتصل قدامك على دكتور الطوارئ وأسأله على اسم الدكتور.

- آلو، ممكن توصلني بالدكتور مدحت دكتور الطوارئ لو سمحت؟ إيوه يا دكتور مدحت، إحنا إللي كنّا عندك من شويه مع المريض حامد، بس كنت أبغى أسألك مين دكتور القلب إللي حيشوفه بكره؟

- في تلاته دكاتره، الدكتور عبدالباسط البهنساوي والدكتور جاويد علم صدر الدين والدكتور سراج بَقِّيلي... وهنا قاطعني أبي...

- إيوه هادا آخر واحد من الجماعة، أعرف عمّانه هادا ولد المرحوم طاهر بقيلي مدير ثانوية القشاشية في مكة زوج المصرية اللي غرقت في خزان موية بيتهم، الله يرحمهم جميعاً.

- طيب يابويا، إيوه يا دكتور مدحت، لا خلاص شكراً لك حأنزل أحجز عند الدكتور سراج بقيلي لإنه طلع معرفه... خلاص يا أبويا هو قال حيحجزلك عنده.

- إيوه كده واحد نعرفه من الأهليه، ماهو صدر الديك وبهنس! فين شاعر الغبرة ماني شايفه وسطكم؟ لا يكون ما جا معاكم يطمن عليّا؟ قليل أصل طول عمره أعرفه.

- لا يابويا لا تظلم زوجي ماهو قليل أصل، دا حتى قالي إنه بيجهّز قصيدة من ميتين وعشرين بيت رثائية حيقولها بمناسبة خروجك إن شاء الله من المستشفى بالسلامة.

- عساه بميتين وعشرين تنفضه في مخه! رثائيه فيا بيفاول عليا!

- المهم انت لازم ترتاح الأن وتنام شويه عشان الفحوصات حقت بكره.

- يبغالي أنام فعلاً، هيا طفوا النور هادا إللي فوق راسي وكل مين فيكم يقلب وجه على بيته، و ما أبغى ولا أحد معايا.

ردت أمي التي لاتزال تخنقها العبرات: و لا يا أنا أبو صالح؟

- إذا تبغي تجلسي معايا، تجلسي ساكتة ما تتكلمي ولا تقومي من مكانك تروحي تتعرفي على الناس إللي في الغرف إللي جنبنا، ولا أرجعي مع ولدك حميده على البيت.

- جالسة جالسة، و ما راح أتكلم.

قامت أمي توصي عبدالحميد بالمنزل خيراً، وأن يحضر معه غداً بعض الملابس لها، فقاطعها أبي وهو يصرخ:

- وإنتوا بره كلكم... بره!

خرجنا جميعاً، وأنا مطمئن، فطالما أبي لايزال يستعمل نفس أسلوبه الذي نعرفه فهو إذن بخير، فذهب كل منا إلى منزله ما عدى أختي زوجة الشاعر فذهبت لتأخذ زوجها من عند

موظف الاستقبال، فوجدته جالساً معه خلف منصة الاستقبال مستمتعين بكوبين من الشاهي بالحليب يلقي على موظف الاستقبال بعض المقتطفات من أخر قصائده الغزلية.

وفي اليوم التالي صباحاً لم أذهب إلى الجامعة واعتذرت عن محاضراتي وتوجهت مباشرة إلى المستشفى لأطمئن على أبي ولأكون بجانبه أثناء الفحوصات، وعندما اقتربت من الردهة المؤدية إلى غرفة أبي لاحظت شيئاً غريباً، فالممرضات و الممرضين المتواجدين بالدور كانوا في حالة استنفار، يركضون من خارج وداخل غرفة أبي وأصوات عالية صادرة من نفس الغرفة، فتجمدت أطرافي ولم تقوى أرجلي على حملي، فبدأ عقلي في توقع الأسوأ، فتوجهت مسرعاً نحو الغرفة في ذهول فدفعت باب الغرفة، وإذ أرى أبي ممسكاً بتلابيب أحد الممرضين وهو يصرخ في وجهه وأمي ممسكة بيد أبي تحاول نزعها من عنق الممرض المسكين:

- مجنون إنت! والله ما أسيبك يا سرسري، جيبولي مدير المستشفى، جيبولي وزير الصحة، يا بهايم.

- إيش في يابويا، سيب الراجل و قوللي إيش في؟

- تفوه عليك وعلى اللي جابك، إنت إللي جبتني هنا، عشان يشربوا من دمي!

نعم... فقد بصق في وجهي وقد قال ما سمعتم أقصد ما قرأتم، وأمام موظفي المستشفى!، وصل جميع من كان متواجد بالأمس، أخي وأخواتي وأزواجهم، بدأ وجه الممرض يتحول لونه إلى الأزرق وانتفخت عيناه وخرج لسانه، وهنا تدخل زوج أختي المهندس ليخلّص ذلك الممرض المسكين من يدي أبي وبحركة دفاعية شرق أسياوية سريعة، يسقط الممرض على الأرض وهو يسعل ويتنفس بقوة زاحفاً على بطنه في اتجاه باب الغرفة، صرخ أبي:

- الحيوان جايب جالون يبغى يعبيه من دمي، ليه؟ ماحد عنده دم إلا أنا، وفهمتو التور، أقول له أنا ماني جي أتبرع بالدم، أنا هنا مريض، بس تفهم مين بجم إبن بجم، ماهو فاهم ولا كلمة من كلامي، ومصر يحط الإبرة في يدي، ما أبغى أجلس في المستشفى هادي خرجوني من هنا يا بقر! ويدخل علينا وأبي في حالة الهياج تلك الدكتور سراج بقيلي استشاري القلب:

- السلام عليكم. و يسارعه أبي بدون أن يعطيه أدنى فرصة: وهادا مين الحمار دا كمان، إنت مين يا حيوان و إيش تبغى؟

- عفواً ... أنا ... أنا ...

- أخلص، أنطق، أحد يقرّبلي هوا جنبي أطبق في رقبته.

- أنا الدكتور سراج، يا جماعة، إيش الموضوع؟

- إنت ولد طاهر بقيلي؟

- إيوه

- الله يرحم أبوك الطيب وأمك الغرقانة يا إبن الطيبين تعال جنبي هنا.

و هنا هدأ أبي وبدأ يشكي للدكتور ما فعله الممرض به، وأنه لا يريد البقاء بالمستشفى لحظة واحدة.

- لا يا عمي، ما يصير أول خليني أكشف عليك ونطمن الأهل وبعدين تخرج بالسلامة.

- بس ماني قاعد إلين بكرة، عندكم اليوم بس، أكشف وأفحص زي ما تبغى بس إنت ماحد تاني يكشف ولا يقرب مني.

- حاضر، إللي تؤمر بيه بس أنت هدي نفسك، العصبيه هادي ما تصلح، عشان قلبك.

وبدأت الفحوصات من تحاليل وأشعات وما إلى ذلك، ولم يترك أبي أحداً في المستشفى إلا وشتمه وأنهال عليه بأقسى الكلمات، فهذا دكتور الأشعة هرب من غرفته بعد ثواني من دخول أبي عليه وأصر أن يسافر إلى بلده دون رجعة وطلب من مدير المستشفى خروج نهائي مستعجل، أما دكتور التحاليل فذلك المسكين طلبوا له دكتور الأمراض الصدرية فأبي سبب له ضيق تنفس شديد بسبب احتباس عبراته داخل القصبة الهوائية من كثرة الشتائم التي أدت إلى شبه اختناق، وبعد انتهاء تلك المعارك، طلب نصف موظفي المستشفى ترك العمل بالإضافة إلى بعض المظاهرات الخفيفة خارج

المستشفى من قبل الممرضين تضامناً مع ذلك الممرض الذي خنقه سابقاً.

انتهى أبي إلى غرفته أخيراً، في انتظار الدكتور سراج حتى يعطينا نتائج التحاليل والفحوصات، ولم يخلُ ذلك الانتظار من بعض المناوشات بين أبي و زوج أختي الشاعر على مسمى الدولاب باللغة العربية الفصحى، فأبي يصر على أن الدولاب باللغة العربية الفصحى إسمه "كَبَثْ" وزوج أختي يرفض ذلك بشدة ويصر من جانبه على أن إسم الدولاب بالفصحى "قِمَطْر"، وتكون الكلمة الأخيرة لأبي كالعادة لينهي ذلك النزاع اللغوي بأن رمى زوج أختي الشاعر بأحد أكياس المحاليل المغذية، الذي أنفجر في وجهه ليبلل ملابسه، فترفعه زوجته متجهة به إلى دورة المياه لتغسل له وجهه وتهدأ من روعه.

وكان أخي عبد الحميد قد أخرج بعض الفوط الملونة من جيبه وانهمك في مسح الطاولات والكراسي، أما أمي فكانت جالسة على طرف السرير بجانب أبي تهدي عليه.

دخل الدكتور سراج بقيلي، بنتائج التحاليل:

ـ الحمدلله كله تمام التحاليل كلها مافيها شي، قلبك سليم يا عم حامد، وتقدر تخرج اليوم، بس حأكتبلك على شوية أدوية تاخدها معاك.

تهللت وجوهنا بعد الاطمئنان على صحة والدي، ذهبت لأنهي إجراءات الخروج وشراء الأدوية المطلوبة، ثم

اتجهنا جميعاً إلى المنزل وأنا أحمل ثلاث أكياس من الأدوية، فجلست بجانب أبي أشرح له طريقة الاستعمال ومقدار الجرعات وأوقاتها:

- هادا الدوا أبو علبه صفرا حبه وحده الساعة ١٢ في الليل.

- ليش يعني ١٢ في الليل هو دوا ولا سهرة؟

- كدا مكتوب عليه يا أبويا! ودا شراب تلات مرات بعد الأكل، فطور وغدا وعشا.

- لا يكون طعمه موز، ترى أنا ما أحب الموز ولا الكيوي أبو شعر دا ولا الكاكا.

- أطمن مافيه موز ولا كيوي ولا حتى دووم! وهادي حبوب عند اللزوم.

- و متى اللزوم يا أبو مخ تخين؟

- يعني إذا جالك ألم، وهادا فوار.

وأخذت أشرح له بالتفصيل الممل.

- خلاص فهمت، قربلي الأكياس هادي كلها جنبي هنا، هيا أقلب وجهك و روح على شغلك.

- ما تبغى شي يعني، أمشي؟

سكت أبي لبرهة ولم يرد على سؤالي، ثم قال:

- انت المسؤول عنهم كلهم بعد ما أتكل.

- الله يطول عمرك ويعطيك الصحة.

- لا تقاطعني واسمع وفتح مخك، أمك، ربي رزقني بملاك من السما ولها عند المولى قصر في الجنة، عمري ما

سمعت منها كلمه ولا نظرة ضايقتني، أختك إعتدال خد مشورتها ربنا أعطاها عقل مو عند رجال، أختك عديله طيبه وعلى نياتها كلمة تجيبها وكلمة توديها، وتحب زوجها فخلي بالك منه لا يستغلها، أخوك الضايع عبد الحميد زوجوه وحده تكون عكسه تربيه من أول وجديد "فاهمني انت"، وأنت أنتبه على نفسك وأولادك وشغلك وفتح عينك مزبوط على أمك وأخوانك وبيتك ولا تحرمهم من شي وكل واحد تنكتب الشقة إللي هو فيها بإسمه، حتى البنات، وأصحى أعرف إنك قلت لأحد الكلام دا إللي بيني وبينك.

إنعقد لساني ولم أجد الكلمات التي أرد بها على أبي، فأنا أسمع وصية كامله لشخص يعرف موعد موته، فدعوت له بالخير ووعدته بتنفيذ كل ما طلبه مني، وسألته إن كان يريد مني شيء قبل أن أغادر.
- ما أبغى من وجهك شي، أنقلع.

وقد علمت من أحد الجيران لاحقاً أن أبي أعطاه أكياس الأدوية بالكامل ليعالج بها والده المريض، لم يبقى أبي بيننا كثيرا فبعد شهر من حديثي معه توفى رحمه الله بسبب حمله "لقمطر" أقصد دولاب ثقيل جداً مما سبب له فتق أستوجب التدخل الجراحي وتوفي في غرفة العمليات، وحسب ما جاءنا من معلومات عن سبب الوفاة، أنه استفاق أثناء العملية ولم يكن البنج بالكمية الكافية التي تجعله مخدراً مدة العملية

الجراحية، مما أضطر دكتور التخدير لأن يزيد جرعة البنج ومات أبي يسبب ذلك، وقد نصحنا أحد الأصدقاء بتقديم شكوى في ذلك المستشفى والطبيب، فقامت وزارة الصحة مشكورة بلفت نظر المستشفى بخطاب يبين مدى الإهمال وإنهاء خدمات طبيب التخدير وتعويضنا بمبلغ أربعين ألف ريال، فتقدمت لوزارة الصحة بخطاب أطلب فيه أن تقوم تفضلاً بتحويل المبلغ إلى خزينة صندوق التنمية العقاري لأنهي أقساط العمارة والمديونية التي كانت على أبي!

رحم الله أبي، فقد تحمل همنا في حياته و لم ينسى مساعدتنا في مماته، ولولا أن زوج أختي الشاعر هو من قام بكتابة الخطاب الموجه إلى وزارة الصحة لتحويل المبلغ لكان وصل الخطاب في موعده، فقد كتب في الخطاب، "إلى وزارة البيمارستانات" فلم تفهم من قبل موظفي إدارة البريد فضاع الخطاب، وهذه قصة أخرى!

هرمون السليقوز

كان والدي من أشهر صيادي الأسماك في مدينة جدة، وبعد تقاعده من مهنة الصيد بنفسه، أصبح من أكبر تجار الأسماك في البنقله فهو يملك نصف "مصاطب" بيع الأسماك فيها، ولديه عدة محلات لبيع الأسماك المقلية في سوق الندى، أما هوايته التي أدمنها فهي "كرة القدم" وكل ما يتعلق بها من أخبار وتشجيع ودعم مادي ومعنوي...الخ، لكنه يحمل من التعصب لهذه الرياضة الكثير مما أثر على علاقاته الاجتماعية فعزل عنه كل من لا يتوافق مع ميوله التشجيعية ورؤيته الكروية التكتيكية وفي المقابل قرب أولئك الذين شاركوه حبه للفرق التي كان يشجعها ويدعمها.

ومن فرط هذا الحب لكرة القدم المحلية والعالمية ابتدع فكرة مجنونة، فقد غيّر جميع مسميات أصناف السمك المعروفة إلى أسماء لاعبين مشهورين، أمثال: خينتو، وبيليه، وبشكاش، وجيرزينهو...الخ.
كان يأمر العاملين لديه بوضع لوحات الأسعار على صناديق الأسماك بتلك المسميات، "كيلو البشكاش بخمسة ريال" والبشكاش هو الناجل فهو "متختخ وملظلظ" ويحمل نفس الصفات الجسمانية للاعب الفذ المجري بشكاش، "كيلو

الجمبرينو بسبعة ريال" والجمبرينو هو الجمبري ولكن حُرّف بهذه الطريقة لِيُضفي عليه لمسة كروية برازيلية.

أسس والدي نادي "الإتريك الساطع" الجداوي في الستينات مع السيد الكابتن وشيخ الصيادين "حبجر الناجل" آنذاك الذي كان نائب والدي في رئاسة مجلس إدارة النادي، رأس أبي مجلس إدارة النادي لعدة سنوات حتى توفي.

وبعد وفاة السيد الكابتن حبجر الناجل في أحد مباريات النادي متأثراً بمقذوف من مدرجات الدرجة الثالثة!، وكان المقذوف عبارة عن طفل رضيع قُذِف في وجه السيد حبجر الناجل بعد دخول الهدف السابع والعشرين في مرمى الإتريك الساطع، ومن فرط استياء الجمهور من تلك المباراة قذف لا شعورياً أحد الحاضرين بإبنه الرضيع الذي لم يتجاوز عمره الأشهر، ليصيب به وجه الكابتن ناجل رحمه الله الذي أصيب بكسر في قاع الجمجمة من شدة ارتطام "بزازة" الطفل برأسه، مع العلم أن الطفل بحالة جيدة ولله الحمد.

وبعد انتهاء المباراة المأساوية طُلب من الفريق أن يخضعوا جميعاً لفحص المنشطات وكان هذا الفحص الأول من نوعه في تلك السنة بعد قرار الفيفا بتطبيقه على جميع فرق كرة القدم في أنحاء العالم، على أن يكون الفحص بعد المباريات،

فخضع جميع اللاعبين للتحليل وظهرت النتائج إيجابية!
فجميع نتائج تحاليل لاعبي فريق الإتريك الساطع بمن فيهم
الجهاز الإداري كانت تثبت وجود مادة منشطة في الدم!
فكانت فضيحة ثانية للفريق، وبناء على ذلك أصدرت الفيفا
قرارها بشطب الفريق بالكامل وأغلق النادي تماماً، فكانت
تلك المباراة الأولى والأخيرة لفريق الإتريك الساطع.

ومنذ ذلك الوقت ولاعبوا الفريق يجتمعون في مقهى
"الإتريك الساطع" الذي سمي تيمناً بإسم هذا النادي العريق،
فكان والدي يحضر هذه اللقاءات يومياً وعلى مدار ثلاثون
عاماً وكان يصحبني معه في تلك الجلسات لأستمتع بأحاديث
الذكريات والقصص الكروية الرائعة التي يتداولونها لاعبي
النادي، وعادة كان الحديث يدور حول المقارنة بين اللاعب
زمان واللاعب الحديث، فاللاعب اليوم بالنسبة لهم عبارة
عن شخص مليء بالغرور والأنانية وعنده فلوس بالملايين
وأكثرهم لايتمتعون بلياقة بدنية عالية، فهم يعانون من
أمراض مزمنة مثل ضيق التنفس وفقر الدم وصغر الجسم
ونحافة الأرجل وطول الشعر وضعف النظر!
ولكن الشيء الوحيد الذي كان يؤرقهم طيلة الثلاثين سنة
سؤال واحد فقط يسألونه كلما اجتمعوا في المقهى: "مين
فاكر إحنا إيش أكلنا ليلة المباراة المشؤومة إياها؟" وذلك
حتى يثبتوا براءتهم أمام الفيفا بأن نتائج التحاليل غير
صحيحة وتلك المادة التي وجدت في دمائهم ليست إلا نوع

من أنواع الطعام الذي أُعتبر منشطاً وليس كما جاء في تقرير الفيفا، فالمادة التي وجدت هي هرمون منشط عرف لاحقاً بإسم "السليقوز"، فهم لا يعرفون ما هو السليقوز، وهم أيضاً متأكدين تماماً أنهم لم يتعاطوا أي هرمون منشط، فهذا كان حالهم، من بعد صلاة العشاء إلى ما بعد منتصف الليل.

وفي أحد الأيام وبينما الجميع وكعادتهم جالسين في نفس المقهى وكل منهم ينظر في اتجاه مختلف وبدت عليهم علامات التفكير العميق محاولين تذكر ماهي الوجبة التي تناولوها ليلة المباراة، إذ دخل عليهم شخص طويل القامة ذو لحية بيضاء، ويرتدي بدلة رياضية حمراء اللون و قد لف على رأسه عمامة حلبي صفراء، فما إن وقعت أعينهم عليه حتى ققزوا من أماكنهم واحداً تلو الآخر يحتضنوه ويقبلون يده ورأسه وكأنه شيخ مبروك من أولياء الله، وبالفعل كان ذلك الشخص هو مدرب الفريق القديم "الكوتش حسن صاجه" وعلمت بعد ذلك أنه تم إطلاق سراحه في ذلك اليوم من أحد مستشفيات الأمراض العقلية بعد أن قضى بها أكثر من عشر سنوات يعالج من مرض عقلي أصابه بعد حادثة الشطب المشهورة، فقد كان يعاني الكوتش صاجه من مرض عقلي نادر وغريب أعيا الأطباء واحتاروا في تشخيصه، فمن أعراض المرض أنه كان يعتقد بأن هرمون السليقوز ليس إلا مخلوق فضائي من أحد الكواكب أُرسل في يوم المباراة لِيُطلق على جميع اللاعبين أشعة غير

معروفة من جهاز غير مرئي ليصيب أجسام اللاعبين، فقد ورد في محضر الشرطة والذي بناء عليه أودع الكوتش حسن صاجه مصحة الأمراض العقلية أنه تم القبض عليه وهو في حالة هيجان وتعري كامل في الطريق العام ليلاً وهو يتحدث إلى السماء ويصرخ:

- أنزلولي لو كنتوا رجال! لو فيكم واحد راجل يجيني، أنا حسن صاجه عمدة المدربين يا واد!

وفي اعتقادي أن أسباب ظهوره اليوم تعني إما أنه قد شفي من مرضه أو أنه لم ينفع فيه العلاج، فقرب له أبي أحد الكراسي ليجلسه وكلنا ننظر إلى ذلك المدرب القدير "الفلته" في علوم كرة القدم وكرة الماء والكرة الطائرة والبراجون والخطط العبقرية التي لا مثيل لها فهو أول من اخترع خطة (1 - 9).

تغير الرجل تماماً فبدى يتمتم بكلمات غير مفهومة وكأنه يكلم أشخاص غير مرئيين وكانت يده اليسرى تقوم بحركات لا إرادية وكأنها تعمل من تلقاء نفسها وكان يرد بين الحين والأخر بصوت مرتفع بـ "نعم" وكأن أحداً يناديه، ونحن نلتفت يميناً و يساراً في كل نعم يطلقها دون أن نرى أحد. جلس الجميع ينظر إليه بعين الشفقة فأي جبل قد هوى وأي عقل قد طار!

لفت نظري العم "عدنان أبو بس" حارس مرمى الفريق، وقد اعتراه خوف شديد من الكوتش صاجة أكثر من الباقين، وهذا الخوف له أسبابه التاريخية، فهو لا يزال يعاني حتى الآن من الكسر المضاعف الذي أصابه في فكه السفلي والذي كان السبب فيه الكوتش صاجه أثناء أحد التمارين، فكما هو معروف عن صاجه أنه إمبراطور النظريات الكروية فقد سجل بإسمه أكثر من 2000 نظرية، إحداها التي أصابت فك الكابتن أبو بس، فقد طلب منه الكوتش صاجه في التمرين أن يلتقط الكرة بأسنانه بدلاً من استخدام يديه أو حتى أرجله، وعندما سأل الكابتن أبو بس ما هي الحكمة من ذلك؟ أجابه صاجه:

ـ أنا عادة ما أشرح نظرياتي لأحد وخصوصاً للجهلة أمثالك، لكن عشان عارف إن مخك على قدك حأعلمك السر وحأشرحلك هادي المرة، شوف يا أبو مخ "كديسه" لما تمسك الكورة بسنونك معناه أن يدينك ورجولك راح يكونوا فاضيين وهادا إللي أنا أبغاه، ليش؟... عشان يمديك تستعملهم في تلطيش لعيبة الهجوم إللي قدامك، يعني كف من هنا، بونيه يسار، ركبه، فهمت؟

ـ ليرد أبو بس وهو يضع إبهامه في إحدى فتحتي أنفه: فهمت يا كوتش، طول عمرك مخ منتا هين يا عمدة.

وبعد انتهاء الكوتش صاجه من شرح الفكرة للكابتن أبو بس أتت مرحلة التطبيق العملي، فأمر الكوتش صاجة وبصيحة

مجلجلة أهتز لها الملعب من خط الستة الى المدرجات الكابتن "بكر مرزبه" متعهد الضربات الحرة وضربات الجزاء، كونه يملك أقوى رجل في الفريق على الإطلاق، بأن يركل كرة ثابتة بكل ما أعطاه الله من قوة نحو الحارس أبو بس وعلى أبو بس أن يلتقط الكرة بأسنانه، فوضع المرزبه الكرة على أرض الملعب وأخذ يبتعد عن الكرة بخطوات خلفية بظهره حتى وصل إلى ما بعد المرمى المقابل، ثم توقف وهو ينظر من تلك المسافة البعيدة واضعاً يده اليسرى على عينه اليمنى ومغمضاً عينه اليسرى! فهو مصاب بحول شديد جداً لدرجة أنه لم يوفق بتسجيل أي هدف منذ أن بدأ ممارسة لعب كرة القدم فكانت جميع تسديداته في اتجاه غرف الملابس.

بدأ المرزبه بالركض في اتجاه موضع الكرة وسرعته في تزايد مستمر حتى وصل إلى الكرة وهو في أقصى سرعة له ورفع رجله اليسرى ليستعد للركل وبدلاً من أن يركل الكرة، ركل حجراً كان بجانب الكرة، ومن شدة سرعة الحجر المنطلق لم يلحظ الحارس العملاق أبو بس هل كان الشيء المتجه نحوه حجراً أم كرة تنس، فطار في الهواء متجهاً برأسه الكبير نحو اتجاه الحجر المنطلق بسرعة الصوت ليلتقطه بأسنانه، وما إن ارتطم الحجر بوجه أبو بس حتى وقع مغشياً عليه وقد صبغ وجهه باللون الأحمر من غزارة سيلان الدماء!

دخل الكابتن أبو بس في غيبوبة مدة سبعة أشهر، فبعد هذا الحادث المؤسف لم يستطع حضور ومشاهدة المباراة الأولى والأخيرة للفريق ولكن مافعله الكوتش صاجه معه لا يُنسى، فمن منطلق المحبة والألفة، أحضره إلى الملعب وهو لا يزال في غيبوبته ليشاهد المباراة وهو ممدد في سريره ويغطي كامل وجهه الجبس، ويخرج من كل يد أنبوب خاص بمحاليل التغذية بالإضافة إلى جهاز التنفس الصناعي الذي يعمل على الكهرباء، ولعدم توفر توصيلة كهرباء داخل الملعب لتشغيل الجهاز تبرع أحد المشجعين الأوفياء للنادي ومن محبي الكابتن أبو بس ببطارية سيارته لتشبيك الجهاز بها.

عندما استيقظ أبو بس من غيبوبته كانت هناك مشكلة أخرى، فالمجبر الشعبي الذي قام بتجبير فكه السفلي نسي أن يغلق فم الكابتن قبل عملية التجبير مما أدى إلى تصلب عظام الفك السفلي بنفس الوضعية، فهو لا يستطيع أن يغلق فمه منذ ذلك الوقت إلى يومنا هذا، فكان لا ينطق من الحروف الأبجدية سوى حرف واحد، حرف " القاف" فقط!

خيم الهدوء على الحاضرين وهم ينظرون إلى المدرب الصاجة وما ألم به من يأس وتلف في العقل، أخذوا يتذكرون أيامه الخوالي، وتدريباته التي كانت أقرب إلى الأشغال

الشاقة منها إلى التمارين ليفاجئ الكابتن "سعيد غضروف" الجميع بسؤال مباشر للكوتش صاجه:

- يا كوتش ممكن أسألك سؤال؟

اقترب الصاجه من وجه سعيد غضروف حتى تلامست أنوفهما.

- إنت مين يا ولدي؟

- أنا سعيد غضروف يا كوتش، نسيتني؟

- سعيد غضروف! كيف حالك يا غضروف وكيف حال أمك، إنت فين ماحد بيشوفك ولا حتى بتيجي التمارين... ولا عاد تيجي إنت مطرود!

ويضرب سعيد كفاً بكف.

- لا حول ولا قوة إلا بالله، مخ الكوتش بَقْ يا شباب!

- إيش تبغى تسأل، بس بسرعة ترى باقي تلات دقايق وقت ضايع؟

يعدل سعيد جلسته ليواجه الكوتش صاجه وبكل حماس يسأله:

- برحمة أبوك يا شيخ، فاكر إحنا إيش أكلنا ليلة المباراة، أو إيش شربنا على الأقل؟ انت تدري إنه لينا ثلاثين سنة بنجتمع في القهوة هادي، مالنا سيرة إلا هادا الموضوع، نفسنا نعرف إيش أكلنا يومتها وإيش هو الشي إللي طلع في التحليل على إنه منشط!

فجأة إنتفخت أوداج الكوتش وأحمرت عيناه وملأ صدره بالهواء ثم أجهش بالبكاء، وكأنه طفل يصرخ وأنتشرت في أرجاء المقهى صيحاته وصوت ضربه سطح الطاولة التي أمامه بكلتا يديه، انتاب الذعر كل من كان حوله على الطاولة وأخذ كل واحد يختبئ خلف الآخر مبتعداً عن الكوتش تحسباً من أن تنتاب الكوتش صاجه إحدى نوبات الهياج العصبي المشهور بها فيقضي على كل من في المقهى، بل الحي بأكمله، حتى تقدم أبي نحوه وألقى بما تبقى من شاهي ساخن في كوبه في وجه الكوتش صاجه وهو يقول:

- أعوذ بالله من الشيطان الرجيم - الله أكبر ... الله أكبر.
هدأ صاجه قليلاً، فسحب كل منا كرسيه مرة أخرى نحو الطاولة بحذر شديد ونحن نطيب خاطر الكوتش و نذكره بالشهادة.

أما الكابتن "البتره" وهو أقوى مدافع في فريق الإتريك الساطع وكان صاحب بنية قوية وجسم ضخم ورأس كبير مربع الشكل، ووجه لا يخلو من علامات أحذية مهاجمين الفرق الأخرى، فكان البتره يعرف كل حذاء طبع على وجهه ومن يخص من اللاعبين حتى مقاسات أرجلهم، وأثناء تهدئتنا للكوتش وقف البتره في حركة لتطييب خاطر الكوتش صاجه:

ـ بما أننا مجموعين هادي الجمعة الطيبة ورجوع الكوتش صاجه وخروجه من مستشفي المجانين بالسلامة، لازم نسوي عشوة بهادي المناسبة، إيش رأيكم نخلي أم المرزبه تسوي لنا أكلة سليق ترجعنا لأيام زمان، زي عشوة السليق إللي عملتها ليلة أول مباراة؟...

و فجأة وقبل أن ينهي البتره كلامه، نهض الجميع بمن فيهم أنا، ننظر إلى البتره وقد بدت على وجوهنا علامات الحنق والشجب والغضب، وهو ينظر إلينا بإستغراب وعدم فهم لما يدور حوله من وجوه متجهمة، ثم خبط أبو بس بيده خبطة قوية على الطاولة صارخاً:

ـ ققققق...ق ق قا ق...ققققق قاااااااق!

فتدخل سعيد غضروف، وقاطع أبو بس قبل أن يبيض وقد خنقته العبرة وأغرورقت عيناه الحمراوين بالدموع:

ـ ثلاثين سنة يا قليل خوف الله شايفنا وقاعد معانا وسامعنا نسأل الرايح و الجاي إيش أكلنا داك اليوم، وطول المدة هادي وانت عارف وساكت!! حسبي الله فيك يا بتره، قلبي وربي غضبانين عليك... قلبي وربي غضبانين عليك!

فرد عليه البتره بلهجة فاحت منها رائحة الغباء:

ـ أنا فاكر إننا أتعشينا سليق وشربنا بعده شاهي أخضر كمان، بس ما رضيت أتكلم لأنه ماني فاكر السليق كان

باللحم ولا بالدجاج، فقلت لنفسي يا واد خليك ساكت أحسن، يا تعرف يا تسكت!

أستشاط سعيد غضروف غيظاً ونحن نبعده عن البتره خوفاً على الغضروف طبعاً:

- فكوني على البغل هادا أبغى أشرب من دمه أبو راس لستك أحد يناولني ليّ الشيشة... لأ! أحد يناولني الشيشة بفحمها!

وهنا إنفجر الكوتش صاجه بالبكاء مرة أخرى، وبصوت أعلى من المرة السابقة ويسقط على الأرض ويضرب برجليه ويديه في كل اتجاه، و بينما نحن نقوم بالفرعة بين الغضروف والبتره تجمع كل من بالمقهى ودخل من بالخارج، هذا والكوتش لايزال ملقى على الأرض يبكي بحرقة، حتى استسلم لنوم عميق ممداً في وسط المقهى.

وبعد أسبوع من هذه الحادثة المؤلمة تم الاتفاق بين أفراد الفريق على إرسال برقية عاجلة إلى رئيس الفيفا موقعة من جميع اللاعبين لتوضح الخطأ الفادح الذي ارتكبه إتحاد كرة القدم في حق النادي ولاعبيه، جاء فيها:

سعادة الكابتن رئيس اتحاد كرة القدم العالمي المحترم

عناية السيد / فيفا الموقر

بعد التحية،،،

نود أن نلفت انتباهكم بأنه حسب التقرير المرفق والذي قمتم وبناءاً عليه بشطب نادينا "الإتريك الساطع الجداوي - The Glowing Etreek Sport Club of Jeddah"من سجلات إتحاد كرة القدم.

نفيدكم أنه لم نتعاطى في ذلك التاريخ أي نوع من أنواع المنشطات وخاصة المنشط الهرموني المسمى"السليقووز"، حيث أنه تبين لنا أننا أتعشينا ليلتها عند أم المرزبه " سليق" وشربنا " شاهي أخضر".

وقد توصلنا عن طريق أحد الأطباء العاملين بمختبرات وزارة الصحة والمشهود لهم بالعلم والأمانة أن الهرمون المذكور هو أحد مشتقات"السليق" وبما أن الغربيين لا يستطيعون نطق حرف"القاف" كما ينطقه الكابتن أبو بس، فالاسم العلمي للهرمون:"سليق...ووز - Salegoze".

وبناءاً عليه وكما ترون أن المنشط مجرد أكلة شعبية عندنا وليس حبوب أو كبسول ولا حتى تحاميل، فنرجوا منكم سحب الشطب مع مطالبتنا بالتعويض الكامل على السنين التي ضاعت هدر في القهوة.

وأحب أن أنتهز هذه الفرصة لأطالبكم بتسفير الكوتش حسن صاجه على حساب الإتحاد الدولي لكرة القدم إلى

أحد مصحات الدول الغربية ليقضي بها ما تبقى من عمره وعقله، حيث أن السبب الرئيسي في فقد عقله وتطيير الأبراج إللي فيه هو ذلك الشطب الجائر.

كما نطالبكم أيضاً بإنزال أقصى العقوبة باللاعب"البتره" إللي خيشنا طول السنين إللي فاتت وأن يُحكم عليه بمائة و خمسين سنة إعدام!

هذا ودمتم،،، أعضاء فريق الإتريك الساطع لكرة القدم ـ ما عدى البتره.

ملحوظة بسيطة: لم نستطع التوصل مع الأسف، إلى معرفة إن كان "السليق" كان بالدجاج أم باللحم.